広き流れに

最上 裕
Yu Mogami

新日本出版社

広き流れに＊目　次

第一章

第三章

「しんぶん赤旗」二〇二三年六月二四日付〜二〇二三年一一月二五日付まで連載。

第一章

喜びの入社

２０１３年秋、大学４年の植草雅広は、埼玉県の自宅に配達された封書を恐る恐る開封した。就職活動で第１希望としたＪＥＣディスプレイソリューションズ株式会社からの内定決定の通知だった。雅広は「やった」と叫んで、こぶしを握り締めた。長く険しかった就職活動が脳裏によみがえってきた。

早くから就職のために企業分析などに取り組む友人もいたが、雅広が就活に取り組み始めたのは、年が明けて３月ごろからで、遅れを取り戻そうと毎日のように企業説明会に参加し、エントリーシートを送った企業は、数知れなかった。

ＪＥＣディスプレイソリューションズ、略してＪＥＣＤＳは、アニメーターや医療従事者が使う高精度のモニターや駅や空港の大型モニター、プロジェクションマッピングや映画館で使われるプロジェクター等の映像機器を手掛ける会社だ。海外売り上げ比率が9割を超えている。海外比率が高いということは、技術が先進的で、今後成長が期待できる会社ということだ。業務内容として生産技術業務と書かれていたのも、大学で機械工学を専攻した雅広の希望と合致した。

去年、東京駅の駅舎復元工事が完成した際、記念イベントとして行われた高精細フルCG映像のプロジェクションマッピングを、雅広は高校時代の友人を誘って見に行った。スクリーンになった駅舎の壁に、次々と彩り鮮やかな映像が映し出された。蒸気を噴き出す機関車は、金管楽器に変身して音楽を奏で、真っ赤なフェニックスが空を飛び、雪が舞った。ほんの数分の上映だったが、目の前で繰り広げられる時空を超えた壮大な絵巻物に、雅広は息をのんで見とれていた。最後に、雄大な光の滝と噴水が出現してプロジェクションマッピングが幕を閉じると、駅前に集まった数万の群衆から惜しみない拍手の渦が巻きおこった。

あの映像を作り出したのは、超高輝度、高精細のレーザー光線を放つプロジェクターだ。あのような光の芸術を作り出す製品に関わってみたいという願いが、雅広をＪＥＣＤＳに向かわせたのかもしれない。

ネガティブな情報としては、親会社のＪＥＣが前年に行った1万人リストラがあった。その情報は、ネットでも飛び交っていたから雅広も目にしたことがあった。でも、年が明けると、リストラは終わっていたし、リストラ対象は中年以上の人が対象だから、自分には関係ないと思って、考えないことにした。

就職試験の最終面接は、本社会議室で受けた。テーブルの向こうに4人の面接官が座っていて、プレートに名前と肩書が書かれていたが、圧迫感と緊張で1人も覚えていない。一緒に面接を受けた受験生は6人だった。型通りの志望動機や自分の強みを聞かれたが、学校で練習した通りのことを話すことができた。最後に、面接官の思いつきなのか、連想ゲームみたいにキーワードが提示されて、それに答える問答があった。1問目の「ワイファイ」と2問目の「SNS」は、他の人が、先に手を挙げて答えた。自分も答えられたのに、躊躇《ちゅうちょ》していてはだめだと思った雅広は、「3問目、アンドロイド」という面接官の声に反射的に手を挙げた。

「アンドロイドは、人造人間です」

雅広の答えに、面接官たちは、一瞬戸惑った顔をした後で、いっせいに笑い出した。他の受験生もつられて笑い、面接会場が大爆笑になった。緊張に包まれていた部屋の空気が緩んだ。ワイファイやSNSの続きだから、アンドロイドはスマホのOSというのが期待された答えだったのだろう。

「まあ、そういう別次元の発想も大切だな」

面接官の1人が苦笑しながら、つぶやいた。もしかしたら、あれが面接官の印象に残ったのかもしれない。

すぐに両親に伝えると、日頃、感情を顔に出さない父の和夫が「JECは電機の大企業だ。よかったな」と喜んでくれた。母の清美も満面の笑みで、雅広の大好きな焼き肉と寿司《すし》で祝ってくれた。兄は自立して家を出ているが、高校生の弟とたらふく食った。

入社に先立って、会社から配属先は湘南テクニカルセンターと通知があり、独身寮を希望したところ会社指定の借り上げアパートに指定日までに入居するよう指示があった。

大した荷物ではないが、引っ越し業者に荷物を頼んで、雅広はアパートに行った。最寄り駅から地図を頼りに、ほとんど水の流れていない川沿いを歩いて行くと、アパートが見つかった。本当に普通のアパートだった。雅広の部屋は2階だった。部屋はワンルームで、キッチン、風呂がついていて一人暮らしとしては十分だった。後から到着した荷物もすぐに片付いた。

弁当を食べて元気が出たので、周りを探検することにした。アパートの裏には大きな川が流れていた。土手の道路脇には、美しい松並木が続いていた。

さっき川沿いを歩いてきた流れの乏しい川は、この大きな川に合流していた。地図で見ると、大きな川は、酒匂川《さかわがわ》というらしい。自転車を持ってきたので、酒匂川の土手を走って会社までいってみることにした。土手は、整備されたサイクリングロードになっていた。よく晴れた日差しの強い日だったが、土手の道は、松並木が作る木陰と川面《かわも》を渡ってくる春風で気持ちがよかった。酒匂川は、本当に広い。河川敷もきれいに整備されている。途中で、学校らしい建物も畑の中に見えた。

ゆっくり走って約10分で、樹木に囲まれた水色の大きなビルが見えてきた。土手を降りて、建物の周りを1周してみた。川の反対側に正面玄関があって、ＪＥＣのロゴマークも見えた。

川に面した側に、通用門があった。門に近づくと、テニスボールを打つ乾いた音が聞こえた。門を入ったすぐ横に、テニスコートが2面あって、ちょうど昼休みらしくテニスを楽しむ人の姿があった。雅広も大学ではテニスサークルに入っていて、テニスが大好きだったから、入社したらすぐに、テニス部に入ろうと決心した。

2014年4月1日の入社式は、田町の本社で行われた。社長の訓示を聞いて、雅広は社員になったのだという実感が湧き、社会人としての責任も感じた。

本社での新人研修はアパートから通ったが、本社までは電車で約2時間かかるので、午前6時に起きて、9時からの研修にぎりぎり間に合った。

湘南テクニカルセンターに配属になったのは、人事部の原、開発部の佐藤と雅広の3人だった。配属初日は、まず湘南テクニカルセンターの人事部に午前9時に出向き、3人で手続きを済ませてから、各部署に移動することになっていた。

人事の担当に雅広は3階のフロアにある生産技術部の部長席に案内された。立ち上がって迎えてくれた田辺部長は、フロアにいた部員を呼び集めた。雅広は、ベテランの部員たちから注目を浴びて、緊張しながら、挨拶《あいさつ》した。

「植草雅広です。早く戦力になるようにがんばります。よろしくお願いします」

頭が真っ白になって、考えてきたことは忘れてしまい、思いついたことを言って、すぐに頭を下げた。田辺は、にこやかに笑いながら見ていた。

挨拶の後で、田辺の席に呼ばれて話を聞かされた。

「君は、うちの本当に久しぶりの新人なんだ。見ての通り、うちは、ほとんどが45歳以上でね。君は、うちの将来を背負ってたつ人なんだから、しっかりがんばってくれ」

50代前半と思われる田辺は、中背で太っていて、丸顔に眼鏡をかけていた。アンパンマンのイメージだが、がらがら声で、短く刈った髪は、ほとんど白かった。

「生産技術部には二つのグループがある。植草君はモニタグループに入ってもらう」

田辺は、「池永さん」と隣の席に声をかけた。その声に答えて立ち上がったのは、スーツをきちっと着こなした小柄な男だった。部長が、さん付けで呼んだように、年齢は田辺とさして変わらないように見えた。特徴は何といっても、そのスキンヘッドとちょび髭だった。外見は、人気の落語家に似ていたが、性格は神経質そうで、いつもピリピリしていた。

モニタグループは、一つの机の島に固まっていた。雅広の席は、通路側の真ん中で、左がマネジャーの池永、右が女性で主任の島津、左前がエキスパートの十津川、目の前は主任の柳井、右前は主任の瀬戸だ。ちなみに、肩書の順位は、グループマネジャー、マネジャー、エキスパート、主任となる。グループマネジャーの田辺は生産技術部のトップだから、部長とも呼ばれる。マネジャー、エキスパートは、昔は課長と呼ばれていた職位で、人事上の部下を持つのがマネジャーで、エキスパートは部下を持たない専門職の課長だということを、後で柳井が教えてくれた。一番若い柳井も45歳だそうで、雅広は常時ベテランの職制たちに周りを囲まれ、片時も息の抜けない、とても窮屈な環境で仕事をすることになった。

新人の雅広に、最初に割り当てられた仕事は、作業手順書の改版だった。ＪＥＣＤＳの生産拠点は、中国の深圳《しんせん》にある。開発部門は、原価低減や性能改善などを目的として、頻繁に設計を変更する。設計変更があると、生産技術部では生産ラインへ指示する作業手順書の部品番号や製造手順、注意事項を変更する必要があるのだ。

作業手順書の改版に続いて、デザインレビュー会議への出席と議事録作成、品質実績の集計、UV接着器具の検査などの仕事も割り当てられ、雅広は一生懸命取り組んだ。

デザインレビュー会議の議事録作成には、てこずった。DR（デザインレビュー）、セミプロダクション、マスプロ、OEMなど、初めて聞く社内用語が飛び交う会議の内容を正確にメモするのは、新人の雅広には難しかった。

議事録にてこずっている雅広に、親切だったのは向かいに座っている主任の柳井だった。柳井は、長身で筋肉質の体だった。顔が日焼けしているのは、アウトドアが趣味だからだと言っていた。休日には、家族とキャンプを楽しんでいるらしい。

雅広は、大学時代もアパートで暮らしていたので、一人暮らしには慣れている。炊飯器や鍋も今までのものを使って自炊した。朝は、納豆かけご飯と目玉焼きでもあれば十分だ。昼食と夕食は、会社の食堂で食べることにした。土手の松並木が美しいサイクリングロードを、自転車でまっすぐ川沿いに下れば10分くらいで会社に着く。いい運動になった。

雅広の趣味は、テニスだ。最初に、会社を見に来た時に決めた通り、すぐにテニス部に入部した。

昼休みのチャイムが鳴ると、すぐにテニスコートに駆けていく。テニスウエアに着替え、ボールの入った籠を持ってコートに出る。緩めていたネットを張り直して、ストレッチをして練習相手を待つ。部員たちは、みんな仕事が延びているのか、なかなか現れない。仕方ないので、１人でサービスの練習をする。ファーストサーブは、トスを上げ最高点に達したところを、伸び上がってラケットでフラットにたたく。カシッとボールがネットのワイヤーに当たった音が返ってきた。フォールトだ。セカンドは、少しスピンをかけて打つ。よし、サービスコートに入った。スライスサーブも試してみる。籠のボールを全て打ち尽くした頃になって、やっとダブルスの相方になった関谷がやってきた。

「悪い、悪い。会議が延びて」

関谷はストレッチを簡単に済ませ、向かいのコートのサービスライン辺りに立った。お互い軽く短いボールを打ちあって、体を慣らす。そして、だんだんと距離を伸ばして、ベースラインまで下がると、ストロークのラリーを続けた。

テニスは、雅広の上位ランクの趣味だが、1位ではない。なんといってもダントツの1位は、ゲームだ。休日にはプレイステーションのゲームに没頭して、気がつくと、真夜中ということもしばしばあった。

アルコールとセクハラ

順調に滑り出したように見えた雅広の会社生活だったが、雅広には、サラリーマン生活に対する不安が一つあった。それは、アルコールだった。雅広はアルコールを受け付けない体質で、特に、日本酒の熱燗の匂いをかぐと、気分が悪くなるのだ。保育園の頃、冷蔵庫に入っていた酎ハイを、ジュースと間違えて飲んで、死にかけたことがあった。それが、強烈なトラウマになっているのかもしれない。だから、大学のサークルでも飲めない友達同士で付き合っていた。

雅広も職場では、お酒を飲みながらコミュニケーションを図ることをノミニケーションと称して、重視していることは理解していた。だから、歓迎会などは、ウーロン茶などでごまかしながら我慢して参加した。しかし、生産技術グループのメンバーは、部長の田辺を筆頭に、お酒が好きな人が多くて、飲み会が頻繁に開かれた。

ある日、中国の生産拠点から来た中国人をもてなす飲み会が、小田原市の中華料理店で開かれた。田辺が呼びかけたので、急だったが生産技術部の主立った人は参加していた。雅広も田辺から声をかけられたので、しぶしぶ参加した。田辺は、中国語で短く挨拶して、「かんぺい」と杯をあげた。中国の工場から来た劉《りゅう》さんはマネジャーで、鄭《てい》さんは技術者だったが、2人とも田辺と同じく最初から紹興酒だった。ぐいぐい杯を重ねても顔色ひとつ変えず、にこにこ笑っていた。雅広は、コップに半分ぐらいビールを入れてもらって口をつけた。それでも、すぐに気分が変になったので、コップを置いた。隣同士や向かいの人とにぎやかな会話が始まった。部屋中が騒がしくなった。そんな中で、会話にも加われず、黙って食べることしかできないと、浮き上がっているというよりは、暗い海の底に沈んでいる感じがした。

そんな雅広を気遣ってか、コップにビールをつぎ足してくれる人がいた。

「よ、若いんだから、いっぱい飲んで」

「すみません。自分はアルコールが駄目なんです」

そう言って、雅広は通りかかった店員にウーロン茶を頼んだ。ビールをついでくれた人は、ちょっと白けた顔をして他に行ってしまった。

やっと、宴会が終わった。長かった苦行から解放されたと思って、帰ろうとした雅広に、田辺から声がかかった。

「植草くん、これから、二次会に行くから、付き合って」

「あ、はい」

雅広は、部長から直接声をかけられたので、断ることができなかった。部長の誘いを断るのは、失礼なことだと思っていた。

ネオンの怪しげな光に彩られた通りを連れだって歩いたのは、田辺と十津川、2人の中国人と雅広だった。田辺が慣れた様子で、扉を開けて入っていったのは、ピンクのネオンの文字が「yumi」と読める店だった。

店内に入ると、化粧の濃い女性が、あだっぽい笑いを浮かべて寄ってきた。

「田辺さんに十津川さん、いらっしゃいませー」

部長たちは常連客のようで、すぐに奥のテーブルに案内された。やがて、劉さんと鄭さんの隣にはチャイナドレスを着た女性が座り、2人と中国語でにこやかに話し始めた。ここでは中国語でカラオケが歌えるようで、2人が選曲した歌を女性が登録すると、慣れた様子で、2人は順番にマイクを握った。そして、歌い終えると、今度は水割りに切り替えて、隣の女性たちと、大きな声で楽しそうに話している。抑揚の少ない日本語に慣れているせいか、破裂音や四声《しせい》のある中国語は、今の雅広の頭に突き刺さるように響いてくる。

雅広は、後悔していた。誘われた時に失礼だと思っても、やっぱり断るべきだったのだ。仕方なくビールを1杯、必死の思いで飲み、後はウーロン茶を飲みながら、ただひたすら時間の過ぎるのを待った。その後も、雅広は我慢しながら飲み会に参加していたが、苦痛は次第に耐えがたくなってきていた。


冬になって、雅広は初めての会社の忘年会に参加した。最寄り駅近くの中華料理店で開かれた忘年会には、田辺部長をはじめ生産技術部の10人くらいが参加した。数人ずつの向かい合わせで席が設けられていた。最初に田辺が型どおりの1年間の感謝の言葉を述べ、「かんぺい」と中国語で乾杯の音頭をとった。

雅広は、日頃の栄養不足を補うのと参加費分は食べてやるぞと、フカヒレや小籠包《しょうろんぽう》などの料理に舌鼓を打っていた。雅広はアルコールが苦手というのは広まっていたから、勧めにくる者はいなかった。

宴が進み、カラオケが鳴り酒に酔った声が響き、座が乱れてきたとき、田辺が立ち上がった。

「植草君、ちょっと」

突然のことだったので雅広は驚いたが、部長から名指しされたので、立つしかなかった。カラオケなら歌うしかないが、何を歌うかと思案した。末席に座っていた雅広は、戸惑いながら立ち上がった。一発ギャグでなんとかごまかせないかとも考え、壁によりかかっている先輩の前を、頭を下げて謝りながら横切って、なんとか座敷の端にたどり着いて田辺の隣に立った。田辺は、酔って顔が赤くなっていたが、しっかり立っていて雅広を見る視線は揺れてはいなかった。

「皆さん、ご注目ください。本邦初公開。これから2人でお尻比べをやりまーす。とくと、ご覧あれ」

雅広は、田辺の言ったことが理解できなかった。余興としても破廉恥で度が外れている。雅広は、まわりを見回して、誰かが止めてくれるのではないかと期待した。しかし、壁に寄り掛かってはやし立てる者はいたが、止めてくれる者は誰もいなかった。何人かの女性を含む同僚たちは話し込んでいて、気づかないふりをしているように見えた。

雅広は思考停止状態に陥ってしまい、田辺に言われるままに動くしかなかった。田辺と並んで、後ろ向きになり、参加者にお尻を突きだした。指笛がなり、歓声が一段と高くなって、拍手と笑い声を背中に感じた。雅広は、上着を脱いでワイシャツに黒いズボンだったが、参加者の視線が衣服を通して肌に突き刺さった。信頼していた部長から強要されて、雅広は、恥ずかしさと絶望感で、強いショックを受けた。席に戻っても、しばらく頭が真っ白になって何も考えられなかった。頭ががんがん鳴って、吐き気がした。

宴会がお開きになって、どうやってアパートまで帰ってきたのか、雅広は覚えていなかった。眠りはやってこなかった。部下たちは部長の行動に驚いた様子を見せなかったから、初めてではないのだろう。おぞましさに震えがきて、雅広は歯を食いしばって耐えた。この出来事は、強いトラウマとなって、雅広の脳裏に刻み込まれた。それは時の経過とともに記憶の底に沈んだように見えても、ふとした拍子に噴火して、雅広を揺り動かした。そんなとき、雅広は目をつむり、じっと唇をかんで感情の嵐が過ぎ去るのを待つしかなかった。

知らずに密輸の片棒

入社して1年が過ぎた。傷つくことの多い1年だった。職場で相談できる人も見つからず雅広は次第に無口になっていった。

生産技術部のミーティングの時だった。だいたい、ミーティングは田辺部長の独演会だ。雅広は前年の忘年会での記憶が、いつまでも消えず、田辺と顔を合わせるのが苦痛だった。

「今年度の飲み会の幹事、植草君頼むよ」

突然、田辺から直々に申し渡された。

「えっ、ちょっと、自分はアルコール苦手なんで、他の人に代わってもらえませんか」

何とか他の人にと周りを見回して頼んだが、答えてくれる人はいなかった。

「入社2年目の人がやるのが、ここのルールだから」

「1年目は無料で参加したんだから恩返しだと思って、がんばって」

否応《いやおう》なしだった。雅広の心に、鬱屈《うっくつ》した思いが澱《おり》のようにたまっていった。ただ、こうしたことは新人サラリーマンの義務だということは雅広も理解していたので、雅広は、スケジュール調整ソフトを使って、メンバーの出欠をとり一番多い日に飲み会を設定し、近くの先輩に相談して過去に実績のある店を中心に選んで幹事の務めを果たしていた。

毎日がつらく、雅広の唯一の楽しみは、昼休みのテニスだった。しかし、昼休みは1時間で、昼食も取らないといけない。テニスができるのは30分くらいしかない。練習を終えてボールを片付けながら、午後の職場を思うと、雅広は憂鬱《ゆううつ》になった。

テニスだけが唯一の救いだったので、雅広は土日のどちらかは、テニスの練習に参加した。合宿にも参加して他の社員と交流しながらテニスを楽しんだ。特にダブルスを組んだ関谷とは試合の戦術についてよく話し合った。そのかいあってか、その年のダブルス成績は全勝と活躍した。

2年目に入って少したった頃、中国深圳の製造拠点へ出張する池永マネジャーから雅広に指示があった。

「植草君、カバーブラインドの該非《がいひ》判定書を作って」

雅広は、最近、貨物を輸出する場合には、外為法に基づき、該当貨物が規制対象品か否か判定する、該非判定書を作成しなければならないことを学んだばかりだ。それを池永も知っているので、さっそく、実務で応用する機会を与えようと指示してきたのだろう。

カバーブラインドは、10ミリほどの小さな部品で、モニター画面の輝度を測定し、自動的に補正して設定値を調整するフィードバック機能が内蔵された重要部品だ。

パソコンで該非判定書のフォーマットを開いて記入しようとしたとき、雅広は1年くらい前のことを思い出した。あの時、右も左もわからない雅広に、池永はカバーブラインドをティッシュにくるみ、ジップロックに入れて梱包《こんぽう》するように指示したのだ。雅広から、それを受け取った池永は、背広のポケットに入れて、慌ただしく中国へ出張していった。あの時は該非判定書が不要で、今回は必要な理由はなんだろう。疑問に思った雅広は、池永に質問した。

「あの、1年前にもカバーブラインドを中国に持っていきましたけど、今回はジップロックに入れて運ばないんですか」

書類に目を通していた池永の動きが止まった。雅広を見上げた池永の表情は厳しく、吐き捨てるように言った。

「その話は、しないでください」

池永の取り付く島もない態度に、雅広は黙って引き下がった。自分の席に戻って座ろうとした瞬間、雅広は、これは触れてはいけないことだったのだと気づいた。全身から血の気が引き、顔が青ざめる思いがした。そうか。あのとき、池永は必要な輸出許可を取得せずに、外為法の規制対象貨物を手荷物として国外に持ち出す「ハンドキャリー」と呼ばれる密輸行為を行ったのだ。結果的に違法行為に加担してしまったことを雅広は悟った。

規制対象貨物を経済産業大臣の許可を受けずに輸出すると、外為法違反になる。がいためほう。講習会の時、雅広は、これは何と読むのかと思ったが、講師の発音からニュースで聞いた記憶があると思った。テレビのニュースになるような罪を犯してしまったのだと思うと、雅広は、誰にも打ち明けることができなかった。もし、相談したら警察にばれて、自分も罰せられるかもしれない。恐る恐るネットで調べると、無許可の貨物を輸出した場合、7年以下の懲役、700万円以下の罰金となっていた。大きな罪なのだ。悶々《もんもん》として不安が高まり、誰かが自分を見張っているのではないかとおびえた。そして、違法行為を指示した上司に対する信頼は音をたてて崩れさった。

追いつこうと思って

モニタグループの先輩たちは、45歳以上のベテランだ。2年目に入った雅広は気楽に相談できなかった。会議に出ても、相変わらず話している用語がわからなかった。みんな略称を使うので、話についていけなかった。周りからは、気楽に何でも聞いてくれと言われるが、一つ質問したら説明の中で、二つも三つもひっかかるところが出てくる。それらを、全部聞くのは、相手も忙しそうなので、どうしても気が引けた。

勉強には資料が必要だ。ほとんどが磁気データなので、会社内のイントラネットに接続したパソコンで検索するのが、一番効率的だ。定時内は、自分の仕事をしなければならないから、雅広は定時後に残って基礎知識の勉強を始めた。勤務管理システムにはカードを通して、退社したことにしておいた。

ところが、そんな自主学習の2、3回目の時、残業時間に入ったと思ったら、池永に呼ばれた。

「残業は、上司から指示を受けてやるものだ。何か、急ぎの仕事があるのか」

「残業ではありません。勤務管理システムは退社にしました」

雅広の答えが気に入らなかったのか、池永は細い目を怒らせた。

「勤務管理システムを退社にして、仕事していたら、サービス残業だ。サービス残業はしてはならないと、何度も言っているだろう」

「業務知識の勉強をしています。みんなに早く追いついて、戦力になりたいんです」

「業務知識の習得は、周りに聞いて定時間内にやればいい」

池永は、試作品のライン立ち上げや製造トラブルが発生すると、すぐに中国工場に出張するので、日本と中国の在席の割合は半々くらいで、席にいないことが多かった。雅広の状況を知りもしないでと思ったが、雅広は黙った。

「とにかく、仕事はないのだから、すぐに帰りなさい」

雅広は、おとなしく引き下がって、帰り支度を始めた。その時、池永に電話がかかってきて、出て行った。

雅広は、ノートパソコンを持って少し離れた実験室に行った。実験室には、測定器、部品、材料が置かれている。実験室といいながら、半分倉庫のようなところだ。雅広は、天井灯をつけずに作業台の上にパソコンを置いて、勉強を続けた。

適応障害発症

結局、実験室での学習も見つかってしまい、サービス残業になると池永から大目玉を食った。

2年目になって仕事に少し慣れてくると、生産ラインから開発部門への情報を中継する役割も受け持つようになった。生産の進捗《しんちょく》実績を報告し、不良が出た場合は、不良の内容や原因を伝え、設計に起因する場合は、設計の改善を要求することもあった。そのうちに、雅広は開発部門と生産技術グループの仲の悪さに気がついた。主な原因は、開発納期に追われた開発部門が、物づくりに対する配慮を欠いたまま設計してしまうことにあった。池永は、トラブルが発生するたびに、「開発部の罠《わな》だ」と吐き捨てるように言っていた。

開発部に寄ると同期の佐藤から声をかけられた。

「植草君、ちょっと頼みがあるんだけど」

佐藤が開発を担当したプロジェクターの出荷検査での不良と顧客からの修理依頼状況のデータをまとめてくれないかという依頼だった。工場からのデータもあるので、ちょっと残業をすればできるだろうと雅広は思った。でも、残業するには池永の承認が必要だった。

「データはあるけど、なんに使うの」

「ああ、次の製品開発を検討しているんだけど、現行製品の改善点を洗い出したいんだ」

雅広は、すでに製品開発に責任を持って、取り組んでいる佐藤を、うらやましく感じた。自分は、まだ責任を持ってできるものを何も持っていない。池永の承認が気になったが、それくらい自分の裁量でやれないのかと佐藤に言われそうな気がして、雅広は引き受けることにした。

その日、池永は外出だったので、残業しても大丈夫だと思っていたのだが、雅広が佐藤から頼まれた仕事を始めた時に、なんと池永がフロアに戻ってきたのだ。やばいと思ったが、すでに遅かった。池永の険を含んだ声がした。

「植草君、なんで残業しているんだ」

雅広は、仕方なく開発部から頼まれた仕事をしていると白状した。

「他部門から勝手に仕事を受けるんじゃない。返してきなさい」

雅広は開発部からの依頼は、正当な要求だと思ったので、なんとか了解を得ようとしたが、無駄だった。仕方なく残業を諦めて帰宅した。翌日、佐藤に断りの電話を入れるまで、雅広はなんと言おうか思い悩んだ。


次第に、雅広は朝起きた時、今日も仕事に行くのかと思うと憂鬱な気分になって起き上がるのが嫌になってきた。職場に信頼できる人は誰もいない。仕事の始まりを告げる朝礼が、とても嫌になった。朝礼は、まず生産技術部全体で集まって、田辺部長が、濁声《だみごえ》で一言挨拶する。あの声を聞くと虫唾《むしず》が走る。それから、二つのグループに分かれての朝礼になる。

2015年の夏頃、朝礼に出て、田辺部長の挨拶を聞いている時に、涙が出てきて、止まらなくなった。涙を拭いても、後から後から出てきて止まらない。周りの人たちは、異様なものを見る目をして、体を引いている。雅広は仕方なく、その場を離れて、トイレに逃げ込んだ。

職場では、悲しくて気分が落ち込んでしまうが、昼休みは別だった。好きなテニスをしている時は、元気になって無心にボールを追った。でも、昼休みが終わって、職場に戻ると、だめだった。気分が落ち込んで、たまらなくつらくなった。

仕事中でも涙が止まらなくなり、やむを得ず席をはずして、1、2時間ほどトイレにとどまるしかなかった。でも、職場での就業時間を除けば、食欲はあったし夜も眠れていた。だから雅広は、自分が病気だという認識はなかった。ただ、社会人として、こんな理不尽なことに40年間も耐えなければならないのかと思うと絶望的な気持ちになった。

健康管理センターから呼び出しが来た。妙にゆっくりとしゃべる女性の声だった。

「涙が流れて仕事に支障が出ていると連絡がありましたので、健康管理センターに来てください」

池永に言うと、すぐに行って相談するように言われた。たぶん、池永か、誰かが健康管理センターに雅広のことを相談したのだろうが、余計なことをしてくれたと思った。産業医の面談を受けた。野中という名札をつけた産業医は、面長の顔に眼鏡をかけていて、穏やかな話し方だった。

「職場で涙が出て止まらないということですが、何か思い当たるつらいことはありましたか」

野中から聞かれても雅広は、口を結んだまま答えなかった。上司に強く言われて面談に来たが、どうせ言ったってどうしようもない。新入社員は、黙って耐えるしかないのだと思っていた。それに、部長のセクハラでつらくなっているとは、口が裂けても言えなかった。

「仕事があるので、帰ってもいいですか」

産業医に頼んで、雅広は早々に健康管理センターを後にした。しかし2日後には、また健康管理センターから呼び出しを受けた。このままでは何回も呼び出しを受けて仕事に影響が出ると悟った雅広は、しぶしぶ産業医に心の苦しさを伝えることにした。

「お酒が飲めないのをわかっていて、幹事までさせるのは、ひどいと思う」

「新入社員は、ただ黙って耐えるしかないと思っている。それを、田辺部長に伝えた時に、否定しなかったので、自分の言う通りなんだと確信した」

雅広は、思い切って産業医に打ち明けた。お尻比べの件は、やはり口にすることができなかったが。そこには、わずかな期待もあった。産業医が上司に伝えてくれれば、もしかしたら、職場の雰囲気が変わるかもしれないと期待したが、その後も職場では、何も変化はなかった。

確かに、田辺部長と池永マネジャーに会議室に呼ばれて、「飲み会の幹事役がしんどいなら代わっていいぞ」と言われた。でも、雅広は、即座に「自分がやります。やらせてください」と答えた。新入社員は黙って耐えるしかないと思っていたし、田辺部長も否定しなかったから、無理しても頑張るしかないと思っていた。代わってもいいぞというのは、雅広が投げ出すかどうか、試しているのだと感じた。

それからも朝礼での涙は止まらなかった。上司からは病院を受診するように何度も勧められた。特に健康管理センターの蓮田看護師は、雅広を精神異常者と決めつけて、精神科を受診するよう面談で執拗《しつよう》に迫ってきた。

「あなたねえ、自分ではわからないかもしれないけどねえー、はっきり言って、異常よー。早く、精神科を受診しなさいよー」

蓮田看護師は、太った体を持て余すように、まったりとしたしゃべり方をする。でも、雅広は受診するつもりはなかった。涙が出ている間仕事ができないので、遅れてたまってしまっている。病院に行く余裕はない。

「体調に問題はありません。仕事に戻っていいですか」

雅広が冷静に返事しても、蓮田は許してくれず、同じ問答を何度も繰り返すうちに、涙が出てきた。もう、面談をやめてほしいと訴えたが、面談はそれからも毎日のように続いた。

職場の安全衛生のために

沢登《さわのぼり》伸吾が、湘南テクニカルセンターに来るのは久しぶりだった。沢登は、事業支援本部長というスタッフ部門のトップを務めているので、通常は東京都港区にあるＪＥＣＤＳの本社に勤務している。先日、湘南テクニカルセンター総務の財津マネジャーから、職場の安全衛生のための非公式な会議を開きたいので出席してほしいという電話をうけた。植草という20代の従業員に異常な言動が見られ、通常の勤務ができなくなっており、自傷行為も危惧されるので緊急に対応策を検討する会議を現場の管理者も交え開きたいということだった。

「それならば、安全衛生委員会を招集する方がよいのではないですか」

安全衛生委員会は、沢登の所管なので臨時に招集は可能だ。

「いいえ、急ぐ必要もありますし、例外的な処置も考えられますので、議事録が残るのもどうかと」

相手が、言いにくそうに語尾を濁したので、沢登にもピンとくるものがあった。沢登は、もともと、開発部門の技術者で、湘南テクニカルセンターが開設された当初、ここで勤務していた。9月、残暑の日差しの下で酒匂川の川面を渡る風が心地よかった。

会議室に集まったのは、植草が所属する生産技術部の田辺部長、総務部の財津マネジャー、多田主任、健康管理センターの蓮田看護師であった。財津の司会で、会議は始まった。

「それでは、該当職場の田辺部長から、植草雅広さんの状況について、説明をお願いします」

「はい、植草君は、平成26年4月に生産技術部に配属になりました。当時、生産技術部は、50歳代が8名、40歳代が9名、20歳代が2名でこのうち1名が植草君です。もう1人は、植草君の2年先輩です。確かにベテランの多い職場ですが、歓迎会や忘年会を適宜開くなどして若手とベテランの親睦を深めるようにしていました。

1年目の12月頃から、植草君が業務中に突然泣きだして、黙り込んでしまうことが散見されるようになりました。上司のメールに対しても返信しないことが続きました。2年目になって、前年度の業務振り返り面談を上司の池永マネジャーが実施しましたが、面談開始早々に泣きだして会話ができなかったそうです」

田辺の植草の勤務状況に関する説明は続いた。

「彼がアルコールを飲めないので、飲酒を強制するようなことは、決してやっていません。飲み会の幹事は、入社2年目がやるというルールですが、嫌なら代わってもいいよと言ったんですが、彼の方から、やらせてくださいと言うものですから続けさせていました。

若手の親睦を図るために年齢の近いメンバーを集めて食事会を開いたのですが、彼は社内食堂で夕食を済ませてから食事会に来て食事会では何も食べず、同僚から世間話を振られても返事をしなかったそうです。

秋の年次有給休暇の取得強化月間では、植草君は業務量も多くないから、年休を取りなさいと言っても、新人は年休を取らないと言い張るんです。

タイムカードを押して無断残業をしているのを上司が見つけて、サービス残業は認められていないからやめなさいと説得したところ、学生時代にアルバイトでサービス残業をしたら店長から喜ばれたと言い返して、反省の色を見せないんです。早く先輩たちに追いつきたいから勉強している、勉強は仕事ではないから、残業にならないと言い張るんです。

朝礼中に泣きだすことが頻繁なので、私も理由を再三尋ねたんですが、とにかく、何を尋ねようが、黙って涙を流すばかりです。精神科の病院を受診しなさいと何度も言っているんですが、自分は病気じゃないと行こうとしないんです。こちらでは、手の打ちようがありません」

田辺は、困惑の表情を浮かべて発言を終えた。

「健康管理センターでも受診するように説得してくれたと思いますが、どんな反応でしたか」

財津に話を振られて、看護師の蓮田が、勢い込んで話し始めた。

「最初は、入社2年目の社員に対する健康管理の面談でしたが、面談開始10分で泣きだし、泣いている理由を聞いても返事をしません。病院の受診を勧めましたが、入室するなり泣きだしてしまうので、会話になりません。泣き続けてしまう理由がわからなければ安全に業務を任せることができないので、この状況を両親にも連絡して共有したいと説明したところ、最初は無反応でしたが、『親には心配かけたくない』と、か細い声で答えました。でも、なぜ泣き続けるか答えないのであれば両親に伝えないわけにはいかないと話しました」

看護師が発言を終えると沈黙が訪れた。

沢登は報告を聞いていて過去の苦い記憶がよみがえってくるのを感じていた。

「会社から本人へのマネジメントに問題があったということはないんですか。若い人の感覚は、とかくわれわれとは違いますからね」

沢登の一言を、どう解釈すべきか迷っている表情が、参加者の顔に浮かんだ。しかし、発言した沢登自身、舌足らずだった自分の発言を後悔していた。すると、沈黙を破って口を開いたのは、蓮田看護師だった。

「私は、彼の言動を見て、彼は大人の発達障害に違いないと思っています。今まで、日常生活に支障がない程度の発達障害を持つ人が、就職によって異なる環境におかれた場合、もともとの発達障害に加えて、うつ病などの二次的な情緒や行動の問題が起きてしまうことがあります。発達障害の特徴の中には失敗をうまく先輩や上司に相談したり、アドバイスを受けたりすることができないケースがあります。このようなことが続くと周囲から否定的な目で見られることが多くなるしストレスがたまって、最後にうつ病などを発症してしまいます。彼の場合は、自閉症スペクトラムが疑われると思います。自閉症スペクトラムの中心となる症状は、周囲の空気を読むことが苦手で雰囲気を壊す発言をしてしまうことがあり、人との関係を上手に築くことが困難な人も多いです。この自閉症スペクトラムの人の職場での困り事は、『職場で上司や同僚などとうまくコミュニケーションをとることができない』、『職場やグループの暗黙のルールを理解できないため共同作業を行うのが難しい』といったことです」

「ぴったりじゃないか」

蓮田の説明が終わるのを待ちかねたように田辺がつぶやいた。蓮田の説明と田辺の同意が会議の流れを決めた。沢登の発言を深掘りする空気は消えていた。

「それじゃ、発達障害の疑いということで両親を説得して、彼を自宅に引き取ってもらい、メンタルクリニックを受診してもらう方針でよろしいですか」

財津が、参加者を見渡しながら言った。

「ところで、産業医はなんと言っているんですか」

沢登は念のために確認した。

「産業医の野中先生も、植草さんは勤務できない状態だと言っていました」

自分の発言で流れが決まったことに満足しながら、蓮田が言った。

会議の後、沢登は社内を巡回した。3階の生産技術部のフロアにも足を延ばした。田辺部長は、先に自席に戻っていた。沢登に気づいた田辺が、視線を送った先に、小柄な若者が、机に顔をくっつけるようにかがみこんでいた。時々、ハンカチで涙にぬれた顔を拭っていた。沢登は、田辺に軽く黙礼して歩いて行った。

社長の時間が空いているか秘書に確認しようとしたところに、ちょうど社長の大谷が通りかかって、「沢さん」と声をかけてきた。

「何しに来たんだね。こっちに来るのは、ひさしぶりだろう」

応接テーブルを挟んで向かい合い、お茶を運んできた秘書が去ると、沢登は話し始めた。

「実は、安全衛生委員会の懸案事項があって、こっちで関係者と対応を話していた。それが、あの小椋くんとよく似ているケースなんだ」

大谷が、眉をひそめたから、名前を覚えていたのだろう。それは、大谷が開発部の課長で、沢登が課長代理だった約20年前のことだった。小椋という有名大学卒業の男が入社してきた。もともとハードウェアの技術者だったが、プログラミングにも興味をもって取り組んでいた。とても優秀だったが、欠点としては寡黙で必要なことしかしゃべらない性格だった。酒の席に出てこない小椋を、沢登は人付き合いも大切だと無理やり連れ出した。酒の強い先輩たちにつきあって飲んでいた小椋が白目をむいて倒れ救急車で運ばれた。急性アルコール中毒だった。退院して、ようやく出社した小椋は人が変わったように、ぼーっとしていて、沢登が話しかけると、突然、大粒の涙を流して泣きだした。「いやだー、いやだよ」と悲鳴をあげて泣き叫ぶ小椋を、沢登は呆《ぼう》然《ぜん》と見守るしかなかった。小椋は休職になり、そのまま退職になった。前途有望だった若い技術者をつぶしてしまったことは、長く沢登の心に癒えない傷として残っていた。

「あの時は、確かに無理につきあわせてしまったところもあるが、彼は自分で飲んだんだ。いつまでも、引きずらないようにした方がいい」

「そうですね」と大谷に同意の意味を込めてうなずきながら、沢登は、今日の会議出席者は、口には出さなかったが、当然、過去のケースから、実家に戻った彼が、休職、リワーク受講、復職不可の道をたどることを想定したはずだと考えて、新たな苦みを覚えた。

職場から拉致

2015年12月18日、恒例の忘年会が近づいていた。忘年会の幹事は誰もがやることなので自分もこなさなければならない。でも、雅広は、飲み会のことを考えるだけで、吐き気がして、気持ちが沈んだ。

午前10時頃、雅広は、健康管理室に行った。そこには、両親と総務の財津マネジャー、多田主任、蓮田看護師がいた。雅広は、なぜ両親がここにいるのかわからなかった。戸惑っている雅広に、財津が言った。

「植草さんが仕事に支障がある状態なので、家に連れて帰って病院を受診するため、ご両親に来ていただきました」

雅広は、子どもじゃあるまいし、なんで親を呼ぶんだ、しかも、今は仕事中じゃないかと不愉快に思って「仕事があるので」と言って、すぐに職場にとって返した。

健康管理センターから職場に戻った雅広は、モニタグループの自分の席に座った。雅広の席は池永マネジャーと女性の島津主任に挟まれている。池永の向かいは、エキスパートの十津川の席だ。雅広が仕事を再開しようとした時、田辺部長が席に近づいてきた。周りの社員が、いっせいに席を立った気配がした。田辺から話でもあるのか、自分も集まらなければいけないのかと雅広が部長の方に目をやると、田辺が「十津川君と池永さん、植草君を1階の正面玄関に」と指示を出した。不気味な圧力を感じた雅広は、無意識にスマホの録音ボタンを押していた。

「さあ、正面玄関に行きましょう」

池永が言うと、十津川や柳井も寄ってきた。

「大丈夫だから。さあ、立って、行きましょう」

「片腕持ってくれる」

「さ、お母さんたちが来てんだって」

「だったら、立った方がいいよ。自分で」

柳井からも立つように促された。雅広は、恐怖で体がこわばり、机にしがみついていた。島津も寄ってきて「自分で立ちな」とあおる。

「待ってるから、親が」

「さあ、行くよ」

「立ちな。さあ、立ちな」

「じゃ、そっち、持ってくれる?」

立ち上がると、座っていた椅子を持っていかれて、もう座ることはできなかった。

「自分の足で立ちなさい」

柳井が言った。

「歩ける？　歩いて」

池永に背中を押されて、雅広は強制的に歩かされた。

「あれ、靴どうしたんだっけ。いつも、靴どうしているんだっけ」

雅広がサンダルを履いているのに気づいた池永が靴を探しだした。柳井が教えたのか池永の声がした。

「靴はロッカーにあるのか。まあ、いいや、行こう」

ついに、雅広は、池永と十津川に、左右から抱えられて、持ち上げられた。

「何を、おまえ、怖がってるんだ」

雅広は幹事として、夜にある飲み会のことが気になって今帰るわけにはいかないと思っていた。

「仕事や飲み会があるんですけど……」

雅広は、一番気になっていることを震え声で聞いた。

「いいよ、いいよ。もう、飲み会はやらなくて」

「仕事も、僕らに任せといて」

あちこちから返事が返ってきた。雅広は、絶望感に襲われた。

「なんでだよ。俺は、こんなに努力しているのに。なんでだよ」

雅広は、何度もすすり泣きながら訴えた。パーティションに必死でしがみついたが、無理やり引きはがされ、手足を拘束されて、うつ伏せ状態にされた。池永が雅広の左腕と腰のベルトをつかみ、十津川が雅広の襟首と右腕をつかみ、他の2人が左足と右足をそれぞれ抱え、雅広は宙づりにされた。後ろから田辺が号令をかけ、雅広は廊下の上を運ばれた。時々、はだけた腹が廊下の絨毯《じゅうたん》にこすれて、やけどを負うような激痛が走った。「なんでだよ」と必死に暴れて、いったんは拘束を逃れたが、再度拘束されてエレベーターに乗せられた。何人にも抱え込まれて身動きできなかった。エレベーターが1階についた。そのまま、がっちり数人にぶら下げられて、ビルの外に運ばれた。雅広は、泣き続けていた。

「休憩」という号令で、いったん降ろされた。シャトルバスのエンジン音が雅広の耳に届いた。すぐに、「せーのっせ」という池永のかけ声で、また担ぎ上げられた。「あの車かな」と池永が言った。降ろされたのは、正門の外だった。そして、そこには雅広の両親が車をとめて待っていた。

「どうした？　雅広。心配してるんだよ」

母が声をかけてきた。両親が見守る中、雅広は、車の後部座席に頭から無理やり押し込まれた。

ついて来ていた田辺に、母が「すいません」と頭を下げていた。

「今、本人が、ここまでくる間に、ちょっと、しゃべったことがあります。俺は、こんなに努力しているのにと。そういう気持ちがあることをお含みおきください。あとは、お医者さんに自分の気持ちを正直に言って、診てもらってください。じゃ、よろしくお願いします」

「はい」

「じゃ、ロックしておいた方がいい」

部長はドアを指して言った。母が礼を言って、ドアを閉めた。車は走りだした。父が黙ってハンドルを握っていた。

自分でも、ほとんど仕事が手につかない今の状態では、上司から出勤停止か、短時間勤務の命令が出るかもしれないと覚悟していた。しかし、こんな物みたいに強制的に、しかも仲間と思っていた同僚に宙づりにされて外に連れ出される扱いを受けるとは思ってもいなかった。想定外の屈辱に、雅広の心は押しつぶされた。

仲間だと思っていた人たちが、陰で雅広を会社から排除する相談をしていたのだ。何ということなんだ。自分の味方だと思っていた人たちに、雅広は完全に裏切られたと思った。

その夜は、懐かしい自分の部屋だったが、入社してからの職場での出来事やこれから自分はどうなるのかという不安が次々に頭に浮かび、雅広は眠れない夜を過ごした。翌朝、うとうとしかけたところを母親に起こされた。

「予約を取っているから、病院へ行くよ」

無理やり布団をはがされて起こされた。連れていかれたのは、実家の近くにあるYメンタルクリニックだった。小菅という精神科医の診察をうけたが、雅広は、まだ前日のショックが続いていて、質問にもまともに答えられなかった。小菅医師からは「適応障害」の診断書が出た。それを、母が会社に送ってくれた。

食欲はなかったが、しばらく会社から離れて、あの人たちに会わなくて済むと思うと、薬の効果もあって雅広は、ぐっすりと眠った。3週間分の薬が処方されていたが、3日ぐらいしか飲まなかった。

復職可の診断書が出たのに

2016年1月8日に、再び、Yメンタルクリニックを受診した時には、気分はよくなっていて、小菅医師から「1月12日以降、復職が可能な状態であると判断する」との診断書をもらった。

母が、会社に電話して復職可能の診断書が出たと伝えたが、出社は認められないということだった。

雅広の気持ちは、少し落ち着いてきた。会社はすぐには認められないと言っているが、医者が治ったと言っているのだから、いずれ会社も出社を認めてくれるだろうと楽観的に考えられるようになった。その夜、こたつで両親と雅広はテレビを見ていた。雅広は両親に、なぜあの日、会社に連れ戻しに来たのか聞こうと思った。

「ちょっと、聞きたいことがあるんだけど」

雅広が切り出してテレビのスイッチを切った。

「なんで、あの日、テクニカルセンターに来たの」

父は沈黙している。母が、開き直ったように向きを変えると話し始めた。

「お父さんと私だって、あんなことしたくなかった。会社から、やいのやいのと言ってくるから仕方ないじゃないか。自分で傷つけるかもしれない、家族しか救えないから、迎えに来てくれって、何度も言われたんだから」

「最初に家に電話がかかってきたのは、9月だったかい」

父が母に確認するように言った。

「そうよ。変にゆっくり話す女の人が、健康センターの看護師ですけどって、会社で涙を流して、仕事に影響が出ている。発達障害が疑われる。自傷に発展する恐れがあるから、アパートで同居できないかって、急に言われてもね。こっちにも都合がね」

母は語尾を濁して、父を見た。

「その後も、東京の本社に来てくれと言われて、2人で行ったんだ。向こうは、役員と、総務の財津さん、あの蓮田という看護師、それから、おまえの上司の田辺さんだった。財津さんが主にしゃべっていた。プリントを渡されて、おまえがいつ涙を流したとかトイレに行ったとかを細かく書き記していた。自傷に発展する恐れがあるから、医者に見せるように言われた。子どもの頃のことや兄弟のことも聞かれたけど、おまえは、普通の子どもで、そんな問題になるような子どもではないと言い返して帰ってきた」

「それでも、その後も、あの蓮田って女が、しつこく電話をかけてきて、もううんざり。おまえが発達障害だと決めつけて、子どもの時にどんな子だったかと、しつこく聞くんだ。まさひろ君は、なんかー、こだわるとー、ずーとお、続けるーことはなかったですか」

母が、心底まいったという顔をして蓮田の言い方をまねたので、雅広も、つられて苦笑いを浮かべてしまった。

「10月の末頃に、私だけが湘南の方に呼ばれて、発達障害に違いない、子どもの頃どんな子だったかしつこく聞かれた。私は、自殺するような人間ではない、仕事をさせてやってほしいと言ったんだ。その時、病院の一覧を渡されて、この中の病院へ連れて行ってくれって、念を押された。私が、はっきりと答えなかったから、今度は、お父さんが呼ばれたのよね」

母は、父の方を見て、続きを促した。

「次の週だったと思う。東京の本社に呼ばれた。相手は、前回いた役員と財津さんだった。役員から、このままだと自傷行為に発展する恐れがある、家族しか救うことはできないと脅された。財津さんから、雅広に早めの正月休みを取らせるから、職場まで車で迎えに来て、自宅で面倒見て、病院へ連れて行ってくれと言われたんで、あの日迎えにいったんだ。会社から、しつこく言われるし、病院を受診させなければ、会社が納得しないので指示に従うしかないと思ったんだ」

父は、そこでいったん言葉を切ると、声の調子を変えて話を続けた。

「私は、おまえが自分で納得して出てくるものと思って、待っていたんだ。ところが、おまえは、みんなに宙づりにされて、物を運ぶように連れてこられ、車に頭から投げ込まれた。私は、びっくりして何も言えなかった。でも、あんな物みたいな扱いをされるおまえが不憫だった」

日頃感情を表さない父にしては、最後の方は、声を震わせて怒りをあらわにしていた。雅広は、父の思いに触れて、胸が熱くなった。両親に対する憤りは収まったが、それでも事前に自分に連絡をくれなかったのは、会社の片棒を担いだということではないかとの思いは消えなかった。

雅広は、もう少し休養すれば仕事に戻れると思っていたので、気詰まりな実家を抜け出して、アパートに戻った。

会社のテニスコートは、地域にも開放しているので、昼休みに入ることができる。雅広は、近く開催されるテニスの試合にエントリーしていたので、1カ月のブランクを埋めようと仲間に入れてもらってテニスをしていた。テニスコートは5階の食堂からよく見える位置にある。雅広がテニスをしているといううわさを聞きつけたのかコートを囲うフェンス越しに、こちらを見ている総務部の財津マネジャーと生産技術部の田辺部長の姿があった。監視されているとわかったので、雅広はいつでも録音できるようにスマホをテニスウエアのポケットに忍ばせていた。やがて、田辺と財津が声をかけてきた。

「おまえ、テニスやっている時って、全然雰囲気違うな」

田辺が強制的に雅広を排除した時のことなど忘れたかのように話しかけてきた。

「わかっていると思うけど、会社は仕事をするところで、テニスをしている人も気分転換でやっているわけで、会社を休んでいる人がやるのはよろしくないよね」

財津から言われて、雅広は、素直に「分かりました」と答えた。内心では、『休んでいるって、そっちが強制連行して休ませたんだろ、しかも病気にさせて、まずは謝れよ。この野郎』と思っていたが口にすることはできなかった。

「診断書には、戻っていいよみたいなことが書かれていたようだけど、休み始めて1カ月たったので、簡単に会社に戻るのは難しいっていうか、施設にも通ってもらわなきゃいけないいんだよね。会社も、いろいろ配慮しなきゃいけないから、今度お医者さんに行った時に、情報提供依頼書を持って行って、診療情報提供書をもらってきてください。それと、1月いっぱいは、年休でいいですね」

雅広は、「はい。大丈夫です」と答えたが、今頃になって施設でリワークを受けることが復帰の条件だと言ってくることに腹が立った。それに、Yメンタルクリニックの診断書には1月12日以降復職可能と書いてあったのだから、1カ月以内じゃないかとも思った。

結局、雅広はテニスの練習もできず、試合も棄権せざるを得なかった。スポーツの世界では棄権は最大の屈辱だ。けがや病気なら仕方ないが、さっきまで元気にテニスできていたのに病気扱いにされるのだから、まったく納得できなかった。シングルだけならまだしもダブルスのペアにまで迷惑をかけてしまった。

誰もわかってくれない

2月になって、雅広は、総務部の財津マネジャー、多田主任、健康管理センターの蓮田看護師と面談をした。主任の多田が、事務的に言った。

「障害者職業センターのリワークプログラムを経なければ復職は認められません」

多田は、40代だと思うが、声が高く若い印象を与える女性だ。ぽっちゃりとした体形で、眼鏡の上の眉をアーチ形に手入れしている。雅広は、障害者職業センターとは何かを質問したいと思ったが、多田の事務的な態度に機会をのがしてしまった。

雅広は、最初実家から通える埼玉県の障害者職業センターにあたったが、空きがなく自宅待機していたら、２０１６年3月26日に、会社から休職発令通知書が送られてきた。通知書には「40日間の欠勤により休職」と書かれていたのが、ひっかかった。テニスコートで財津から休職の話があった時は、欠勤40日は経過していなかった。休職が発令される前に休職を前提としたリワークの話がされること自体がおかしい。おかしいと思ったが、また会社に歯向かうと宙づりにして運ぶような野蛮なことをされそうだから不本意だったが従うしかないと思った。満了日は、１年５カ月後の２０１７年7月25日となっていた。

休職中は給料がでないが、代わりに健康保険組合から傷病手当金が支給されると説明を受けた。傷病手当金の申請のためには、病院を受診して傷病手当申請の欄に「適応障害により就労が困難である」と書いてもらわなければならないので、２０１６年8月から厚木市にあるAメンタルクリニックの矢部医師のところに毎月1回通院した。矢部医師は、60歳を超えたくらいだろうが、髪はほとんど白かった。背が高く、やせている。何回目かの診察の時、矢部に質問した。

「僕は、適応障害は治ったという診断書をもらっているのに、なんで、傷病手当金をもらっているんですか」

「だって、あなた実際に会社に行ってないじゃん。働いてないんでしょ。だから、そのための傷病手当だよ」

　分かったような分からないような矢部の説明に、雅広は黙るしかなかった。矢部は会社での雅広の情報を事前に把握しているように見えた。たぶん、総務部の多田あたりからメールで情報が流されているのだろう。

　リワークプログラムは、９月から埼玉県の障害者職業センターに通ったが、復職後の通勤を想定して11月から神奈川県の障害者職業センターに変更した。

　障害者職業センターでのリワークプログラムでは、生活リズムの立て直し、ストレス対処や疲労管理のための各種プログラムがあった。プログラムは、数人の参加者による座学形式で行うので、休憩時間に、参加していた人と話をする機会があった。

「どこで、働いていたんですか」

　雅広は、隣の席に座っていた30代と見える男に声をかけた。男は、うつむき加減だった頭を、びくりと上げたが、雅広の方は向かずに答えた。

「ぼ、僕は、働いたことがないんです。学生の時に発達障害と診断されて、どこも受からなかったんで」

「あなたは、働いたことがあるんですか」

「僕は、ＪＥＣという会社で、２年弱、働いていました」

　すると、後ろの席に座っていた男が身を乗り出して言った。

「へえ、そこは発達障害でも雇ってくれる会社なんですか」

雅広は、自分は発達障害ではなく、適応障害だと言いかけたが、やめた。胸の中に、自分はただの適応障害なのになぜ発達障害のリワークを受けなければならないのだろうという疑問が湧いてきたが、ストレス対処や疲労管理は、今後働いていくときにもきっと役に立つにちがいないと自分を納得させた。

リワークプログラムを受講している期間中に、矢部医師の診察を受けた際、めずらしく質問を受けた。

「植草さんは、日常生活や仕事をする上で、こだわりがありますか」

しばらく考えて、雅広は会社の研修で机の上の整理整頓は、基本中の基本だと言われていたし、学生時代に飲食店のアルバイトをしていた時にもメニュー表の向きによってテーブルが清掃済かどうか伝えるルールがあったことを思い出した。

「そうですね。机の上の整理整頓は大切だと思うので、物の置き場所には気をつけています。例えば、物の向きで机の上を掃除したかどうか表すことができます」

雅広は、手の届くところにあったティッシュを使って説明した。矢部は、軽くうなずいてカルテに何やら書き込んでいた。

障害者職業センターには、3カ月通い、11月末で完了した。12月にリワークプログラムの報告書を提出して、これでやっと復職できるのだと思った。

これで会社に戻れると思って総務部との面談に臨んだら、今度は情報整理シートを渡され、主治医と相談して書くように言われた。矢部に見せたら、「それは、会社の人と相談するべき内容だ」と言われた。困って、カウンセラーの須田に相談したら、やはり、本人と会社のやりとりが必要で、主治医が中心となるものではないと言われ、須田に協力してもらって、情報整理シートを作成して総務に提出した。

指定された時間に、総務に出向くと、情報整理シートを見ながら多田が言った。

「上司にも同じシートを記入してもらったけど、植草さんと評価が異なります。この状態で元の職場に戻るのは難しい。他の部署に異動してみてはどうですか」

働いていた元の職場に戻れないとは、上司はどのようなことを書いているのだろうと思って、

「上司のシートを見せてもらえませんか」

と雅広は頼んだが、「見せられません」と冷たく拒否された。会社に戻れるなら、生産技術でなくてもよいと思ったので、雅広は、「どちらでもかまいません」と答えた。

「休職満了まで日がありません。他の部署に異動するには、本人の特性を知る必要があるから、Aクリニックの矢部先生に、診療情報提供書を書いてもらってきてください」

多田の言うことに納得ができなかった。

「矢部先生は会社の仕事を把握していないですよね。私が、どんな仕事に向いているか先生に聞いても意味ないのではないですか。もし、私がお笑い芸人に向いていると言われたら、どうするんですか。そんな仕事が会社にあるんですか」

雅広の質問に多田は眉間にしわをよせて、言葉を詰まらせていたが、つっぱねるように言った。

「これは、医師と会社のやりとり。植草さんが心配することではない」

雅広は、自分がだんだん追い詰められていることを感じていた。このままでは、会社に戻ることができなくなるかもしれない。こうなったら、本当のことをすべて話すべきではないか。そうしないと、復職させてもらえそうにない。部長からお尻比べをさせられた件は今まで黙っていた。セクハラくらいでつらくなっている駄目なやつと評価されるのが怖かったが、そんなことは言っていられないと覚悟した。

「実は、今まで話していなかったことがあるんですが」

雅広が、椅子の上で姿勢を正すと、多田が「なんですか」と雅広に視線を向けた。多田や蓮田のような女性にセクハラのことを聞かれるのは、とても嫌な気持ちで躊躇しかかったが、勇気を振り絞って雅広は話し始めた。

「なかなか話せなかった三つの真相を話します。私が、適応障害を発症したことにつながるんですが、一つ目は、上司に無理やりスナックに連れて行かれたことが嫌だったんです。二つ目は忘年会で上司とお尻の大きさ比べをさせられたことです」

お尻のところで、多田が顔をしかめ、蓮田は身を乗り出した。

「それって……」

つぶやきかけた蓮田は、後の言葉はのみ込んだ。

「三つ目は？」

多田が、先をせかすように言った。

「三つ目は、ゴルフの打ちっぱなしで、上司にフォームを撮影されて指導されたのが、嫌でした」

「それで、適応障害になって、職場で問題行動につながったっていうわけですか」

多田は、理解しがたいというふうに小首をかしげると、面談終了をつげるように立ち上がった。

「一応、面談記録に残しておくことにします。じゃ、診療情報提供書をもらってきてください」

せっかく、雅広が勇気を振り絞って、告白したというのに、スルーかよと多田の態度に腹が立った。

Aクリニックには、傷病手当金の申請書に治療中と書いてもらうために毎月通院しなければならなかった。しかし、治っているのに、傷病手当金をもらうために治療中とすることは健康保険組合をだましているみたいで、雅広は、ずっと抵抗を感じていた。自分は治っていると思っているから、矢部から「どうですか」と聞かれても、雅広は「変わりありません」と答えるくらいで、処方箋もなかった。でも、診療情報提供書をお願いすると、矢部医師から、ようやく成育歴や生活歴の聞き取りを受けた。

雅広は、小中高校での思い出や今も大学の友人と交流を続けていることを話した。矢部からは、スクールカウンセラーを利用したことがありますかと聞かれた。

「すみません。スクールカウンセラーって、何ですか」

雅広は、初めて聞く言葉だったので、質問を返した。

「スクールカウンセラーとは、学校に配属されて、生徒や教師の心のケアを行う職業です。教育の施設は、集団生活の場ですから、いじめや受験勉強で精神的負担を感じる人がいますから」

スクールカウンセラーの意味がわかったので、雅広は、受けたことがないとはっきり返事をした。

その後、リワークカウンセラーの須田と一緒に、Aメンタルクリニックを訪問して、リワークプログラムの内容を説明した。この頃から雅広は、矢部と会社がグルになっているのではと疑い、スマホで診察の会話を録音するようにした。

矢部は、須田に向かって話した。

「きっちり診断したわけじゃないんだけど、ASDはやっぱ持ってはいるんだよな。障害者職業センターでリワークを受けるっていうのは基本的には障害者だよな」

診察が終わると雅広を退出させてから、2人だけで話していた。診察室を出て、雅広がスマホで「ASD」を検索すると、「ASD（自閉スペクトラム症）とは人間関係が苦手、こだわりが強い（興味・関心が限定される、特定の行動を繰り返す）などの特徴がある発達障害です。これまで自閉症やアスペルガー症候群、広汎性発達障害などと呼ばれてきた障害グループがASDとしてまとめられました」とあった。何だ、俺を発達障害と決めつけて話をしているんじゃないかと、雅広はショックを受けた。

矢部が書いてくれた診療情報提供書には、傷病名の欄に、「能力発達にもともと特性があり、業務に支障をきたす人」と書かれていて、その下の欄に、職場での配慮事項が書かれていた。例えば、「口頭での指示だけではなく、文書やメールなど目で見て理解できる指示を出す。指示出しや結果報告を受ける上司は1人に絞り情報の出入力を一本化する。複数の指示は同時に出すのではなく行う順番にひとつずつ出す。出さなければならない場合は優先順位を明確にし、重要な作業から着手するよう指示する」などと書かれていた。雅広はおかしいなと思った。Yクリニックの先生は、配慮事項はなく、復職可能と書いてくれた。なんで、矢部は、こんなことを書くのだろう。でも、Yクリニックの先生が書いたのは、診断書で、こっちは診療情報提供書だから、こういう書き方をするのかもしれないと自分に言い聞かせるしかなかった。

退職への罠

矢部が書いてくれた診療情報提供書に違和感があったが、厚生労働省の「心の健康問題により休職した労働者の職場復帰支援の手引き」にも書かれている短時間勤務、軽作業や定型業務への従事などに類する配慮事項と同等のことが書かれているのだろうと無理やり理解した。とにかく提出しないと復職できないと思い、雅広は診療情報提供書を、しぶしぶ総務部に提出した。

3週間ほどして、総務部の財津、多田との面談があった。財津がテーブルの上に紙を広げて切り出した。

「植草さんの診療情報提供書の内容を見て、こういう人を受け入れてくれる部門があるか探しましたけど、見つかりませんでした。DS（ディスプレイソリューションズ）で働きたいとか、JE

Cグループで働きたいとか、ここのテクニカルセンターで働きたいとか選択肢がありますが、植草さんはどれが強いですか」

職場が替わるかもしれないが、復職プログラムについて説明をしてくれるのだと思っていたのに、いきなり、財津から、あなたを受け入れてくれるところはありませんでしたと切り出されて、雅広はショックだった。だが、意外と冷静な自分もいた。テレビやネットでブラック企業の退職強要のことを知っていたし、この前の多田との面談でも、うすうす感じていたからかもしれない。スマホに録音をしているので、心に余裕もあった。もし、何かあったら、録音を全部ばらまいてやろうと思っていた。

「DSで働きたいと思っています」

雅広は、自分を励まして声を出した。

「そういうことだと思って、私の方でもいろいろ探してみたんですが、見つかりませんでした。JECグループ内となると、パルスタッフという会社が、来てもいいと言ってくれるかもしれません。JECグループ外となると、ご自分でさがすことになります。JECグループ内か、外か、まだ決められないか。どちらになりますか」

財津の差し出す紙に、3本の線が引かれていた。JECグループという大企業で仕事を探して見つけられないということがあろうはずがない、財津が見え透いたうそをついていることは明らかだ。

「まだ決められないです」

雅広は、自分の気持ちにそって線をたどった。どの線の先も奈落に続いているような気がした。

「わかりました。でも、休職期間の期限がありますよね。7月でしたか。まあ、今すぐ答えを出せと言うわけじゃないので、2、3週間のうちに、お願いします」

多田が、パルスタッフについて説明を始めた。

「パルスタッフに入社するには、障害者手帳が必要です。申請から取得には、2、3カ月かかるので、間に合わなくなる可能性があります。なるべく早く動かないと間に合わなくなっちゃうよ」

パルスタッフは、障害者を雇用する会社なので、障害者手帳が必須だと言っている。雅広は、なぜ自分が障害者扱いされないといけないのかと思った。

「質問ですけど。職場が見つからないっていうのは、ようはサポートする体制ができないってことですか」

雅広は、疑問をぶつけた。

「例えばですね、診療情報提供書の二つ目なんですけど、お客さんへの対応とか他の部門との折衝などの人間関係を、あまり必要としない業務。これが一番引っかかってる。植草さん1人で最初から最後まで仕上げられる業務はないですよ」

「あまり折衝を必要としない業務で少しサポートしていただいて、自分も絶対無理っていうのではなくて、他の部門ともよく話をして、コミュニケーションを取りながら、業務をやっていこうと思います」

「分かりますが、あまり折衝を必要としない、人間関係が少ない業務というのが見つかりません」

雅広と財津との会話に、多田が割り込んできて、産業医との面談の時間を告げたが、雅広は必死に主張した。

「けど、今こうして財津さんとお話をして人間関係としてやりとりしているじゃないですか。主治医とかリワークのカウンセラーの人とか今まで知らない人たちとやりとりしてきました。そこでの苦手意識は全くないし、思ったことも言えるようになってきています。自分でもそういう他人との間に壁を作らないでコミュニケーションを取れるように変わろうとしています」

時間と言われて、立ち上がりかけた雅広に、財津はとどめを刺すように言った。

「折衝が得意じゃない人が仕事に戻った後、毎日いろいろ人と話をして前と同じような状態になってしまうのは会社もつらいし、植草さんが一番つらいと思うんですよ。そういうところまで踏まえて今は適切な部門が無いという決断をしました」

財津との面談で、心が折れそうになったが、諦めてはだめだと雅広は座り直した。

「それについては、再発しないようにリワークプログラムを学んでストレスの解消の仕方やつらいときのサインが、どのように体に現れるかを勉強してきました。会社で実践して再発しないだろうに、再発防止をしながら働きたいと思っています。自分はメンタルの病気にはならないよとずっと思っていたんですけれども、今回の件でメンタルの病気っていうのは誰でもかかるんだなと分かりました。なので、自分がつらいなと思ったときは今までのように自分一人で抱え込まないで、財津さん、多田さん、産業医の先生、看護師の蓮田さん、カウンセラーの須田さんを含め、職場の皆様、自分の上司、いろいろな人たちに悩みごとを、相談して再発しないようにしていこうと思います」

財津から反論がないのを見て、雅広は産業医が待つ健康管理室に移動した。

健康管理室で、野中産業医と蓮田看護師が待っていた。蓮田は、雅広が総務と面談することを知っていて、どうなったか聞いてきたので、先ほどの面談の内容を説明した。

「矢部先生からね、仕事に戻るにあたっては、こう努力しなさいとか、労働に対してこんな配慮をしなさいみたいな話は、本人にありましたか」

野中から聞かれたので、雅広は「特にないです」と、ありのままに答えた。

「ないですって？」

野中は驚きの声をあげた。

「ないです」

雅広は、事実を答えるしかなかった。

「あーそう。じゃあ、あなたは、うつ病と言われてるみたいだけど、主治医の矢部先生から、あなたはこういう病気なんですよって説明は、ありましたか」

「説明はされていないです」

「されていないの？」

野中が絶句した。雅広は、リワークをやって病気もよくなり、今では周りとコミュニケーションも取れるようになったので、産業医から、職場復帰に適した部署を再度検討するように伝えてほしいと訴えた。

「まあ、本人の希望はわかりましたけど、この診療情報提供書の中身がね、本人に伝わっていないような気がするんだけど」

野中の言葉を自分への質問と思ったのか、蓮田が弁解するように言った。

「診療情報提供書の内容は、植草さんも確認した上で、先生が植草さんに渡されたってことですよね」

「こういう配慮があったら、働きやすいよねっていうことで書いてくれたと思っていました」

矢部医師の診療情報提供書は、あくまでも「復職する際の配慮」のはずだ。復職して一定の期間が過ぎれば配慮は必要なくなるはずなのに、会社が固定的な障害であるかのようにみなしてくるのは納得できなかった。

「自分の病気について理解がないと、ここに書いてある内容が理解しにくいんじゃないかなと思うんですが、本人的にはここに言われているようなことは、まあ納得できることですか？」

「いや、納得できないです」

野中の質問に、雅広は強い憤りを持って答えた。

「第三者の機関とかで再検診とか受けたいです。産業医の先生が僕の今の状態を見てこういう状態であると書いていただけると助かるんですけど」

「産業医っていうのは、こういう専門的知識を持っていないんで、簡単に作るわけにはいかないです。いわゆるセカンドオピニオンってことになると思うんですけどね。ただ、そう簡単にセカンドオピニオンは見つからないと思うよ」

野中は、雅広の求めにうろたえて、明らかに逃げの姿勢を見せていた。

「まず、矢部先生から自分の病気について説明をしてもらえてないんであれば、してもらったらどうですか」

看護師の蓮田が、野中に助け船を出すように話に割り込んできた。

「僕は、埼玉のお医者さんには適応障害って診断されたんです。埼玉のお医者さんから今の厚木のお医者さんに、紹介状で引き継ぎが行われていると思ったんですけど、知らないんですかね」

「紹介状によってそれは十分に承知されてると思うんですけど、この診療情報提供書の内容だとうつ病とちょっと違う認識だと考えられるので、主治医に説明をお願いするか、これじゃ納得できないっていうのであればセカンドオピニオンだね」

雅広にとって生死がかかっている問題なのに、野中のひとごとのような解説にむかついた。

「じゃ、時間も過ぎたので、今日のところは、植草さんが主治医から病気の説明を聞いてくる、もし納得できない場合は、セカンドオピニオンを受けるということでいいですか」

蓮田は、早く面談を切り上げようとしている。

「あの、職場選びとか、復職可能とか不可能とかの判断って産業医の先生と、総務部と、職場上司の三者で決めるってなってるじゃないですか。でも僕と産業医の先生がお話ししたのって、前回が去年の11月で回数的には非常に少ないですよね。それで、復職可否とか、どこの職場にするかとか判断するのは、自分には不満があります。もう少しお話しする機会が欲しいです。その上で最終決定をしてもらいたいと思っています」

「ご意見、ご要望としてうけたまわっておきます」

お役所的な野中の返事に抵抗があった。産業医との面談を終えて、総務の財津と多田が待っている会議室に戻りながら、雅広は産業医もグルだと思った。総務と産業医がグルになって、自分を障害者に仕立て上げて、会社から締め出そうとしている。

「例えばね、今日こういった説明の紙を植草さんに渡して、これに基づいて説明をしています。これって特別なんですよ。われわれはこの紙を用意する。植草さんがこれを読む、さらに口で伝える、その3段階ありますよね。どこかの職場に配属をされて植草さんを指導する人がこういうことをやってくれる職場って無いと、私は思います。もう休職期間満了が近い中で、植草さんがDSにとどまらないで働く道を考える時期に来ていると思い、その一つの提案が、パルスタッフなんですけど、そこで働くには、障害者手帳が必要です。手帳をもらうには2カ月くらい時間がかかります。ですから5月の早い段階で取得の手続きを始めないと、休職期間満了となって、働き始めるまでの間に時間が空いてしまいますよね。それでは植草さんが一番がっかりするんじゃないかなと考えているんですよ」

雅広が産業医と面談している間に、財津は説得方法を練り直したらしい。あなたには、いつも説明用の紙が必要だから、あなたは特別に劣っているのだと言いたいのだ。別に、こっちが紙を用意してくれと言っていないのに、勝手に紙を用意しておいて、ふざけるなよと思った。

「もしパルスタッフに行く場合っていうのは、どのような手続きで異動になるんですか」

「この会社に受け入れてもらうためには、DSを退職してこちらの会社に改めて採用していただくという形になります。お給料はうちより低いと思いますが、具体的には手帳を取ったうえで問い合わせしないと教えてもらえません。もちろん、採用には面接とかありますから、手帳を取ったからといって必ず採用されるとは限りません。パルスタッフに応募する資格が手帳です。ですから手帳を取るのが嫌だという気持ちがあるのであれば、グループ内での選択肢は無くなります。こちらの退職しかない。よろしいですか」

財津は、説明資料の退職につながる矢印を指さしながら言った。財津は、回答はすぐにできないだろうから、後で多田に返事するようにと言って、席を立とうとした。パルスタッフも確定じゃない。異動じゃなくて、これは退職させるのが狙いだと、雅広は確信した。

「会社内で僕に合う部署がない理由っていうのを文書で欲しいですけど、それはいただくことはできますか」

雅広の質問に、財津は一瞬面倒くさそうな表情を浮かべて座り直した。

「できます。けれども、こうやって文書で出すっていうのが特別な扱いだっていうことを理解してください。そこが植草さんの特性だと思います」

「それは、何のために必要ですか」

多田が食いついてきた。

「自分のために納得いく答えなのかどうかって考えたいです。それと、お互いに、行き違いがないように」

雅広は、真意を悟られないように答えたが、今後、法的な争いになった時に、重要になると考えていた。

「植草さんの気持ちを納得させるために必要であれば郵便で送りますが、納得がいかないから変えてくれというのは受け付けません」

財津が突き放すように言った。

「復職で、元の職場に戻ることを意識して3カ月リワークをやってきたのに、社外って言われてもなかなか納得しづらいところがあります」

雅広は必死で反論した。

「復職できるかできないかの判定でだめだよってなった場合は、退職に流れていく人がほとんどなんですよ。ただ植草さんの場合、仕事をなくしたくないっていう思いがすごく強いので、特別に会社としてもこっちのパルスタッフを検討してくれているんですよ」

多田が割り込んで、恩着せがましく言った。

「財津さんもいろいろ人脈とかあらゆる手を尽くして、こっちの道（DS外）を探ってくれているので、植草さんが納得しようがしまいが、社内は無いと思ったほうがいいです。こっちの流れ（DS外）しか無い」

多田がいらだちを断ち切るように、断言した。

「僕が社内に戻れないという判断は、何か社内の規定に基づいて行われているんですよね」

「規定には、そんなことは書いてありません。普通は戻れる職場が無い人は退職です。こんなパルスタッフのルートは何も決まりはありません。その人の働きたいという意欲があれば考えますし、無ければ何も勧めずに、仕方ないですねで終わってしまうでしょう。ルールにのっとったやりかたをしてほしいならば、このパルスタッフの話はなかったことにします」

「この診療情報提供書の内容で、会社が配慮できないから、うちの会社に戻れないよって言っていると思うんですけど、配慮できない内容なんですか」

「すべて配慮しなさいと言われると、できないです。一番大きいのは、仕事をする上で、きちんとしたコミュニケーションが取れるかどうかです。常にこういった紙を見せながら、植草さんが理解できるように説明してやろうと思うと、通常の人に説明するのに比べると時間がかかってしまう。余裕というか人数的にも会社の中では準備ができない」

「人数的に？」

思わず口をついた雅広の質問に、財津は顔をしかめた。

「ですから植草さんと常に一緒にいる人が必要で、植草さんへの業務の指示は必ずその人からにして、植草さんがきちんと理解するまでちゃんと説明して、必要であればこういう紙を作ってやる人がいないんですよ。もちろん任命すればできると思うんですけど、今その人が抱えている仕事は誰がやるのっていう問題になります」

「その配慮をしてくれるっていうのがこのパルスタッフという会社です。パルスタッフではこういった特性を踏まえて、植草さんに合った配慮をして、分かりやすく仕事を教えてくれます」

多田が、ここぞとばかりに口をはさんだ。

「会社に戻ってみて、サポートがあまりにも必要だった場合は、パルスタッフに自分で異動するっていうことはできないんですか」

「会社の安全配慮義務を考えたうえでも、それはできないって私は思います。できないです。DSに採用された時に、植草さんが求められている業務レベルは『総合職』としての業務レベルなんですよ。こういった配慮をしながら、仕事をしていくっていうのは、会社が求める総合職っていうレベルではないということですよ。そういったところでの判断だと私は思っています」

雅広には、まだ話したいことがあったが、会議室を予約している人たちが入ってきたので、面談は打ち切りとなった。

雅広は会社を出ると、その足で、Aクリニックへ向かった。全ての根源は、あの診療情報提供書だ。なんとかして取り消してもらわなければならない。予約なしだったので最後になって、診察までかなりの待ち時間がある。一度、病院の外に出て、商店街をぶらついた。面談を何時間も続けたので、疲れていた。雅広は、コンビニを見つけコーヒーを買ってイートインの席に座った。窓の外を、女子高校生の3人連れが、楽しそうにおしゃべりしながら通り過ぎた。買い物バッグをさげた主婦、塾へ通う小学生が忙しそうに歩いていく。雅広は普通の生活に戻れると思っていたのに、今や瀬戸際に追い詰められていた。このままでは、崖から突き落とされてしまう。差し当たっては、矢部医師だ。雅広はコーヒーを飲み終えると立ち上がった。

診察室に入って、椅子に座った雅広は、バッグから診療情報提供書を取り出した。

「会社から、ここに書かれている配慮事項について、対応することができないから、復職を認めることはできないと言われました。今は病気も治ったし、リワークもやってストレスコントロールも学んだので、こういう配慮事項は必要ないです。取り消していただけないでしょうか」

雅広に向き直った矢部は、かすかに片目を細めた。

「あなたは、能力発達にもともと特性があると私は思っている。これは公的書類、もう変えられないです」

「でも、この『能力発達にもともと特性があり』について、僕に説明しましたっけ？　この病名について」

「あなたは何も聞かなかったでしょ。これを見せて、これでいいかって聞いたはずだ」

「それについて説明せずに、本人が承諾したからっていうのは、医者としてちょっとおかしいかなと思うんですけど」

「見て何も聞かないほうが、わ、悪いのではないか、それは。あ、あなたはこれを読んだはずだ。読んでないとは言わせないぜ」

無表情を崩さない矢部医師だが、神経が高ぶってくると、時々、吃音《きつおん》が出ることがあった。

「はい、けど僕は、前の医者には適応障害って言われました」

「でもこの『能力発達にもともと特性があり』と適応障害は何も矛盾しない。今まで特性に偏りがあって、いろいろうまくできないから適応障害になったわけよ」

「特性に偏りがあって適応障害になったっていう説明も、僕、全然受けてないんですけど」

「適応障害ってじゃあ何？　自分の能力とかやり方が、会社環境に適応できなかったってことでしょ？」

「適応障害のストレスの原因は、はっきりしています。飲み会のストレスです」

「でも同じ飲み会でストレスに感じない人もいるんでしょ？　全然。でも、あなたは感じたわけじゃん？　感じるか感じないかは本人の特性で、能力発達で、もともと持ってるんじゃないの」

矢部は声を荒らげて手に持っていたカルテを机にたたきつけた。バシッという音に、雅広は頬をしばかれたような衝撃を受けて、一瞬体を固くして言葉を失った。やはり矢部も会社とグルだったのだ。

「まぁいいや、もう水掛け論だ。とりあえずこの診療情報提供書はもう変えない。変える気はない。これを変えたところで、会社が認めてあなたが現職に復職するとは、とても思えないね。これをうまく変えたら会社が元に戻すと思った？」

矢部が口元をゆがめて、あざ笑うのを、雅広は歯を食いしばってにらんだ。その診療情報提供書から始まったんじゃないか。それを盾にして会社は自分の復帰を拒んでいる。矢部は雅広に対して、ほとんど診察らしい診察をしなかった。だから、矢部が持っている雅広の情報は会社からもたらされたものだ。矢部は雅広をろくに診察もせず、会社からの情報を基にあの診療情報提供書を書いたのだ。それを根拠にして会社は自分を放り出そうとしている。適応障害の不安がよみがえってきた。医者に病気にさせられるとは思わなかった。

ワラにもすがる思いで

休職満了日は、日一日と近づいてくる。雅広は焦った。向こうは会社と医者ぐるみだ。こういう時に誰に助けを求めればいいのか。テレビで見た釣りバカ男のドラマで、労働組合が「給料を上げろー」とか「リストラ反対」などと叫んでいたのを思い出して、会社の労働組合の委員長に相談した。

「会社が、そう言っているなら、うちでは手に負えない。うちは、団交はやったことがない」

と、にべもなく断られた。

「あまり騒ぎ立てると障害者雇用の道も閉ざされちゃうよ。冷静になったら」

とも言われた。労組委員長は、仕事でも関わりがあり、けっこう面倒見のいい先輩だった。相談すれば、退職強要を一発で解決してくれると思っていた。しかし、実際は労組委員長もグルだった。産業医も矢部医師も、みんなグル。一体誰を信用したらいいんだ。雅広は、人間不信に陥った。

医者は病気の人を治してくれるいい人たちと思ってきたが、会社の意向を忖度《そんたく》して病気でもない者を病気だと診療情報提供書を書き、誤診だと主張しても耳を貸そうとしない。雅広の好きなゲームに、正義の組織だと信じて力を合わせて悪の組織と闘っていたのに、実は正義の組織が裏で悪の組織と通じていることが明かされるストーリーがあった。あれと同じかよと雅広は唇をかんだ。

雅広は、ネットで外部の労働組合を調べて片っ端から電話した。しかし、会社に労働組合があるなら、そっちで対応してもらえばとすげない返事だった。野党系の法律事務所にも相談した。3回打ち合わせたが、「裁判になると時間も費用もかかるからね」と、言を左右してばかりでらちが明かなかった。

2017年5月9日に、ネットを検索していて、「電機労働者ユニオン」を見つけた。電機労働者ユニオンのホームページには、ビラ配布、団体交渉など労働者の側に立った具体的な活動内容が掲載されていた。雅広は、この組合なら助けてくれるかもとワラにもすがる思いで電話をかけた。

「もしもし、会社からパワハラを受けて、適応障害になって休職したんですが、適応障害が治ったという診断書が出ているのに、会社が復職を認めてくれなくて、休職期間満了で、首になりそうなんです」

雅広は、必死で訴えた。

「そうですか。それは、大変ですね。休職期間の満了日は、いつですか」

電話口の男の声には、思いやりが感じられた。

「7月25日です」

「そうですか、あまり時間がありませんね。どうして、会社は寛解の診断書が出ているのに、復職を認めてくれないんですか」

「最初に受診した医者は、適応障害は治って復職可能という診断書を出してくれたんですが、会社からリワークを受けろとか、会社が指定した医者から診療情報提供書をもらってこいと言われて、その診療情報提供書に復帰には特別な配慮が必要だと書いてあって、会社は、そういう配慮ができる職場はないというんです」

「はあ、ひどいですね」

「障害者を雇う会社なら、紹介できるから、障害者手帳を取れって言うんです」

「ところで、あなたの名前と会社の名前を教えてくれますか」

会社の名前を聞かれて、雅広は一瞬、言いよどんだ。この間、いろんな人にだまされたり、裏切られたりしたので、特定できる名前を言ったら、また利用されるのではないかと不安になったのだ。

「われわれは、個人情報は厳守します。一緒に会社と闘うには、相手をはっきりさせて、しっかり相手と向き合う必要がありますよ」

闘うという言葉が、雅広の胸の深いところに落ちた。そうだ、ここまで来たら会社と闘わなくてはならない。電話の相手は、一緒に闘ってくれると言っている。

「私の名前は、植草雅広。会社の名前は、ＪＥＣディスプレイソリューションズと言います」

極度の人間不信に陥っていた雅広だが、意を決して名前を言った。

「えっ、ＪＥＣですか。じゃ、ＪＥＣの子会社ですか」

相手が驚きの声をあげた。

「ええ、湘南にあるＪＥＣの子会社です」

相手の反応の意味がわからず、とまどいながら雅広は答えた。

「いや、実は私は、ＪＥＣで働いていたＯＢですよ。そうですか。またＪＥＣは、そんな、ひどいことをしているんですね。もし、時間があったら、こちらの事務所に来られませんか」

ユニオン加入

「こっちも、人を増やして、もっと詳しく話を聞きたいですから。西大井という駅まで来てくれたら迎えに行きますよ」

電話の相手がＪＥＣのＯＢとわかって、ＪＥＣの人でも、親身になって聞いてくれる人がいるんだと、うれしかった。

「はい、行きます。これから、向かいます」

雅広には、電話のつながりが、目の前に下がってきた、蜘蛛の糸のような気がして、すぐに飛びついた。

アパートを出て、ユニオンの最寄り駅についたのは、２時間後で午後４時ごろであった。改札口で、キョロキョロしていたら、「植草さんですか」と声をかけられた。電話で話した人の声だった。渡里《わたり》と名のった。案内された事務所は、駅から数分の住宅街にあった。雅広は渡里の後から、外壁が緑色に塗られた建物の外階段を登っていった。

渡里が2階のドアを開けて入ったので、雅広も後に続いた。事務所の一番広い会議室には、ロの字にテーブルが並べられていた。雅広は、戸惑いと不安を体中からしたたらせて、入り口のところで立ち止まった。がっしりとした浅黒い顔色の男が、椅子から立って、笑顔を浮かべて迎えてくれた。

「遠いところを、ご苦労さまです。書記長の毛利です。どうぞ、おかけください」

「植草さんが勤めている会社が、ＪＥＣの子会社だと聞いたんで、急遽《きゆうきよ》、毛利さんに来てもらったんです。毛利さんもＪＥＣのＯＢです」

渡里が、湯飲みにお茶をいれながら言った。

「植草雅広といいます。神奈川県の湘南にあるＪＥＣディスプレイソリューションズで働いています。26歳です」

雅広は一番近くの椅子に座って、緊張しながら簡単な自己紹介をした。渡里と毛利が同時に、

「若いね」と声をあげた。

「じゃ、入社して何年目？」

「4年目です」

雅広は、父親と同じくらいの年格好の人たちを前にして、どのように振る舞えばいいかわからず、戸惑っていた。

「じゃ、何度も同じ説明をしてもらって悪いですが、もう一度状況を説明していただけますか」

渡里が身を乗り出すようにして言った。

渡里に促されて雅広は、会社でいじめられて適応障害になり、会社から休職指示を受けてリワークにも通ったが、特別な配慮が必要なため復職が認められないことを、落ち着いた声で話した。電話での話をもう一度聞く渡里も熱心に耳を傾け、時々「ひどいね」と相づちを打っていた。

雅広が話し終えると、毛利が口を開いた。

「われわれ、電機労働者ユニオンは、電機産業で働く労働者が、1人でも入れる産業別労働組合です。電機の職場では、近年、会社の身勝手なリストラが横行しています。累計で30万人がリストラで退職させられています。JECでも2012年に1万人の大リストラがありました。個別面談で退職強要が繰り返され、われわれのところに駆け込んできた人の中には、10回も退職強要の面談を受けた人もいました。われわれは、団体交渉や、時には政党の支援も得て国会で追及したりして、退職強要の面談を中止させました。そうした人たちが、ユニオンに入ってがんばっていますよ。JECにもわれわれの分会があるんですよ」

毛利は、電機の職場に蔓延《まんえん》している降格降給、いじめ嫌がらせ、追い出し部屋、退職強要、黒字リストラ、不当解雇について話してくれた。

雅広は、毛利の話に衝撃を受けた。目からうろこが落ちるとはこのことだと思った。

「JECの1万人リストラのニュースは見た記憶がありますが、実際どれだけひどいかは知りませんでした。知ろうとしなかったという方が正しいと思います。JECに魅力を感じて入社したので、信じられない話ばかりです。でも、自分に起こったことを振り返ってみると、パワハラ、勝手な休職、特別な配慮が必要だからと復職拒否、本当に毛利さんの言う通りです。今思えば、全て最初から会社のシナリオがあって、それに沿って進められていたんだと思います」

今まで散々人に裏切られ、病気になりかけていた雅広の腹の底から「絶対に許さない」という激しい怒りがふつふつと湧いてきた。

「ユニオンに加入して、復職に向けて会社と闘いましょう」

毛利に訴えられて一瞬考えたが、雅広には他に選択肢はなかった。「はい、入ります」と答えた雅広は、会社への怒りと生きる希望を込めて、ユニオンの加入用紙にサインした。

第二章

電機の闘い

毛利は、たばこを吸うために事務所のベランダに出た。たばこをくわえたとき、階段を下りて、駅に向かう雅広の後ろ姿が見えた。闇が濃くなっていく道を、一人歩いて行く姿に、若かった頃の自分の姿が、重なって見えた。

毛利誠一は、1950年に長崎県で生まれた。父親は、運送会社でトラックの運転手をしていた。荷物の受付係をしていた母親と結婚して生まれた長男が誠一だった。妹、弟が生まれ、誠一が小学生の時に、父親が市バスの運転手に転職したので、一家は長崎市に転居し、長屋の六畳一間で暮らした。

毛利は、野球が好きだったが、中学校野球部の下級生は上級生に絶対服従の雰囲気が嫌いで、中学・高校と柔道部に入って体を鍛えた。

１９６９年に高校を卒業した毛利は、ＪＥＣに入社し、生産技術研究所に配属され、生産設備の開発に従事した。２年後、専門知識を習得するため社内に設置されていた工業専門学校に入学した。午後5時に仕事を終えてから勉強に励んだ。生産技術研究所も工業専門学校も、神奈川県のＴ事業場にあった。

その頃はベトナム反戦運動や70年安保闘争などの政治の季節だった。東京大学では、一部急進的な学生が、安田講堂を占拠してバリケードで封鎖し、封鎖解除に乗り出した機動隊と激しい攻防を展開した。毛利もテレビで放送される学生による火炎瓶、投石と機動隊による放水、催涙ガス弾の発射など、まるで野戦のような応酬を、息を殺して見つめた。

毛利が高校生の時に、東京には美濃部知事による革新都政が誕生して、老人医療費助成などの福祉政策を推進、保育所の増設も加速した。その後も社会党と共産党の共闘による革新自治体は全国に誕生し、日本社会が大きく変わろうとしていた。

同期で工専に入学した5人のうち2人が、民青同盟員だった。毛利は、２人に生産技術研究所の地下室で勧誘され、民青に加盟した。

毛利もアメリカ軍基地を日本から撤去させて真の独立を実現し、国民が主人公となる民主連合政府の実現に賛同していたから加盟したのだが、なんといっても楽しかったのは、休日に友人たちと職場の女性を誘って行ったレクリエーションだった。金曜日の夜は、仲間で集まって、「駄《だ》弁《べ》る会」で飲み、語り明かした。

毛利たちは、季節が良くなれば、登山やハイキング、そして、夏の1泊キャンプを楽しんだ。たくさんのカップルが誕生した。毛利も民青のサークルで妻の朋子と知り合い、会費制結婚式を挙げた。

毛利は、労働運動にも積極的に参加した。職場委員として職場会を開催して、職場の意見を執行委員に伝えていたが、26歳で労組役員執行委員選挙に立候補した。同時に職場新聞の門前配布にもデビューした。執行委員選挙では213票、25％の票を獲得して、会社が大慌てした。その後3回立候補したが、次第に会社の干渉で、20人の推薦人が集まらなくなり立候補できなくなってしまった。職場委員の選挙でも何も活動しない人が対立候補として立候補してくるので、「何も活動しないあんたが、なんで立候補するんだ」と、相手と大げんかした。会社の干渉によって職場委員の役も失ったが、職場での毛利への支持は、約40％あった。

1978年、毛利が28歳の年に、通信機器メーカー久喜電気が経営難を理由に希望退職を募集し、1060人の応募があったにもかかわらず、300人の労働者を、指名解雇する事件が起こった。花形産業と自他共に認めていた通信・情報機器産業の一角を占める大企業で強行された指名解雇に、毛利は衝撃を受けた。久喜電気で行われたことが、JECで行われないとは言えない。どちらも貪欲に利益を追求することにかけては、差がないはずだ。

300人のうち71人は、不当な解雇は受け入れられないと解雇撤回の裁判に立ち上がった。アルバイトや行商に取り組み、つながりのある組織に出向き、「支援する会」への加入、カンパを訴えて粘り強く闘い続けた。

毛利たちも電機の仲間として、争議団への支援ビラ配布や募金活動を、職場や地域で活発に展開した。

しかし、革新都政が終わり、社会党が社公合意を結んで、革新統一に背を向けると、潮目が変わるように社会の空気が変わっていった。JECでも、1982年6月1日、T事業場で働く半導体技術者の岩沢に対して、突然の配転命令を発令してきた。岩沢は、労働組合を強くするために青年部役員や職場委員としてがんばってきた。6月下旬に行われる組合執行委員選挙に立候補しようと準備してきた矢先のことだった。配転の選挙妨害の意図は明確だった。

岩沢は、不当労働行為に該当すると職場の仲間や弁護士とも相談して、K地方労働委員会（地労委）へ救済を申し立て、次回調査まで現状を変えないようにという口頭勧告を得ていた。

その日の夜、毛利は岩沢の家で活動家の会議に参加していた。会議中、訪ねてきた人があった。岩沢の妻が応対に出た。玄関のそばの部屋で会議をしていた毛利たちに、途切れ途切れの声が聞こえた。

「JECT事業場勤労部の者です。ご主人はご在宅ですか」

「今、主人は、学童クラブの役員会に出ています。もうすぐ、帰ると思いますが」

「そうですか。では、出直させていただきます」

玄関から戻った岩沢の妻が、青ざめた顔で言った。

「勤労部の部長さんでした。他に2人いました」

「なんで、こんな夜中に、勤労部が家に来るんだ」

毛利たちは、会社の意図をつかみかねていたが、なにか重大な事態が起こるのではないかという不安が、現実味を帯びて湧き上がってきた。

岩沢の妻は、学童クラブ父母会の会場に、電話をした。しばらくすると、岩沢が、張り詰めた顔で帰ってきて、言った。

「今、路上で勤労部長から解雇辞令を渡された。これから、会社に行って話し合うことになった」

毛利たちは、驚きを通り越して、しばらく声もなかった。とにかく、岩沢が1人で会社に乗り込むのは、危険すぎるということで、立会人として職場の友人に同行してもらうことにした。

岩沢は、勤労部長に面会し、地労委から「現状を変えないように」という口頭勧告が出ているのに、それを無視して解雇するとは許せないと解雇辞令を突き返したと帰ってきてから言った。

心配して待っていた毛利たちも、「そうだ。それしかない」と岩沢を励まして家路についた。夜道をたどりながら、毛利は、闇の向こうに経験したことのないことが待っているように感じた。が、たとえそうであっても仲間を信じて前へ進むだけだと、無理やり大きな足音をたてて歩いていった。

岩沢の事件では、1983年4月に、K地労委は、岩沢の訴えに対して、全面勝利と言える命令を出した。だが、会社は地労委の命令を不服として、中労委に再審を申し立てた。

「岩沢正を守る会」では、岩沢の不当解雇争議を勝利解決するためには、もう一押し会社を押し込まなければならない、そのために活動家が受けている賃金・昇格差別の是正を求める訴えを、地労委に出そうという意見が出た。職場で人望があり、職制も認める業績をあげていても、活動家はいつまでたっても平社員で、給料は同学歴、同年齢の最低だった。毛利自身、生産設備の特許を数十件出し、１００台を超える生産設備を開発して会社から表彰されていたが、34歳で平だった。同期は、ほとんどが主任以上に昇格していた。

毛利は賛成だったが、慎重な意見の方が多かった。会社をこれ以上刺激して、相手が本格的に向かってきたら勝てない。岩沢の不当解雇争議だけでも手いっぱいなのに、二つも争議を抱えるのは、今の「岩沢正を守る会」の体制では無理だという意見が、上部からも伝わってきた。

毛利は、妻の朋子に相談した。

「賃金・昇格差別是正を求める提訴団に加わろうと思うんだけど、どう思う」

朋子は、あっさりしていた。

「あなたは、必ず加わると思っていた。私も悔しかった。あなたほど成果を出している人はいないのに平のままなんて、おかしい」

「もしかしたら、逆に会社がかさにかかって、配転とか攻撃してくるかもしれないけど」

念のために想定される最悪の事態を告げると朋子は、寝ている長男の方を見てつぶやいた。

「そうならないことを願うけど。長いものに巻かれていたら安全かもしれないけど、子どもたちが大きくなってもこんな差別が続いているのはいやだから、やっぱり、親の私たちが頑張らなくちゃいけないんだよね」

朋子は、いつも毛利が忘れている大事なポイントを思い出させてくれる。そうだ。これは、自分のためだけではないんだ。次の世代のため、少なくとも賃金・昇格で差別されているＪＥＣの全活動家のための闘いなんだ。

毛利は、賃金・昇格差別是正を求める提訴団に加わり、10人で地労委に提訴し、岩沢の配転・不当解雇と10人への賃金・昇格差別は、同根の労働組合活動を行う活動家への不当な攻撃だと訴えて闘った。約1年の闘いの末、会社と和解に至り、岩沢が職場に戻り、毛利は主任に昇格した。

聞き取り

雅広がユニオンに加盟すると、ユニオンでは、対策会議を立ち上げ、まず、経過について綿密な聞き取りを行った。対策会議のメンバーとして集まってきたのは、毛利、渡里の他にユニオン中央執行委員長の斉田、ユニオンのＪＥＣ分会の小宮、ＪＥＣ関連労働者協議会（ＪＥＣ労協）の末野、それとＪＥＣＤＳがある神奈川県の支部から執行委員長の岡村が加わった。

初対面の小宮が、雅広に年齢を聞いて「26歳です」と返事が返ってくると、「若い」という驚きの声が周囲から上がった。確かに雅広を取り囲んだユニオンのメンバーは、定年の60歳を過ぎた人ばかりで、一番年長の斉田委員長に至っては、70歳を超えている。

毛利は、経過について聞き取りを進める中で、所々に、つじつまの合わないところを感じた。不明なところを、突っ込んで聞くと、黙ってうつむき、涙を流し始める。当時のことを思い出そうとするとトラウマ体験がフラッシュバックをして気分が悪くなるのだろう。聞いて悪かったと思うが、会社と交渉するためには疑問をクリアにしておく必要がある。今の時期、ユニオンに駆け込んでくる人の多くは、精神的な不安定さと人間不信を抱えている。

雅広が躊躇していると感じたのか斉田が、経過の詳細な説明を強く促した。

「植草さんが会社から受けた体験を全部話してもらわないと、われわれは会社と交渉できない。会社が知っていて、われわれが知らないことがあるのは交渉では致命的なんだ。後から、こんなことがありましたと、交渉がまとまった後からでてくるのは本当にまずい」

促されて雅広が、ようやく田辺部長から受けたお尻比べのことを話したとき、聞き取りのメンバーは無言だった。毛利も、どう反応してよいか迷った。今まで、セクハラは男性が女性に対して行うハラスメントという思い込みがあった。

さらに、職場から宙づりで連れ出された件を雅広が口にしたのは、ユニオン加入から1カ月以上たった頃だった。紙にその時の様子を絵に描いて説明してもらい、同時に雅広自身に演じてもらって、ようやくメンバーは状況を理解することができた。その時も会議は一瞬、静寂に包まれたが、一転、「なんだ、そりゃ」「ひどい」「完全な人権無視だ」「白昼、ＪＥＣという大企業の中で、信じられない」「拉致じゃないか」という非難の声が飛び交った。

毛利も、こんな重大なことを、なんで今まで黙っていたのかと雅広に聞いた。

「いえ、休職期間満了が近かったので、そっちに気を取られていて、今は、それは言わなくてもいいんじゃないかと思って」

また毛利の想定外の雅広の返事だった。もしかしたら、PTSDになるほどのトラウマ体験でも徹底的に人権を蹂躙《じゅうりん》された人間は、自分の人権に対する感度が鈍ってしまうのかもしれないと毛利は解釈するしかなかった。

雅広は、メンバーの反応を意外そうに見ていたが、同時に全てを吐き出したという思いなのか、やっと胸のつかえがとれたという顔をしていた。

それにしても、こういう強制的な連行は、命令されても、すぐに実行できるものではないはずだと毛利は思った。事前に、俺は植草の右腕を肩に回して、腰のベルトを右から持つから、君は左側を持って、後の2人は、植草の足をそれぞれ持って宙づりにしようと話し合った上で、訓練していないと、すぐには動けない。それとも、今まで、何度も同じ事を実行済みだったのか。

その夜、毛利は、朋子と夕食を食べながら晩酌を楽しんでいた。子どもたちも独立して、2人だけになった。朋子も会社を定年になって、今は婦人団体に所属して、遊びを通して若いママたちの子育てをサポートする活動に取り組んでいる。2人とも同じ理想を持って生きているから、日々の出来事について、常に話し合う。

「うちのユニオンに26歳の青年が入ったんだ」

毛利の言葉に、朋子も興味をそそられたらしく、いろいろ聞かれて、毛利は雅広から聞き取ったことを話した。うなずきながら聞いていた朋子は、しばらく考えた後、口を開いた。

「それって、なんとなく子どもたちのいじめ問題と似ているわね。いじめっ子たちは、自分たちと異なる子どもをターゲットにして、いじめて排除しようとするでしょ。昭和生まれのベテランたちの職場に入った平成生まれの若者は、感性が違うから、ベテランたちから見たら、得体の知れないものと映るでしょう。それでも、宴会の余興でなんとか、つながりの糸口を見つけようとしたんだろうけど、それがとんでもなく人権感覚がずれたズッコケだったということじゃないかな」

「最初は、ボタンの掛け違いだったということかい。そういう解釈もあるかもな」

「両親が迎えに来た車に、宙づりにした彼を、頭から突っ込んだというのも、会社側からすれば、精神科を受診しなさいと言っても言うことを聞かないから、最後の手段で、両親に車で迎えに来てもらった。彼が自分で歩いていかないから、けがさせないように、大事にかかえて運びましたということかもしれないわね。まあ、それも、戦前の人権感覚よね」

「でも、遅れた人権感覚だけじゃないと思うね。1月12日からは復職可能という診断書が出ていて、休み始めて1カ月たっていないんだから、休職させる必要なかったのに、休職させて、リワークプログラムを受けさせている。もう、そこには意図的なものがあるような気がする」

「異物を排除しようとする意図ね」

朋子は、腕を胸の前で組みながら言った。

「いじめられた子どもを救うには、どうすればいいのかな」

毛利が、子育ての専門家にうかがう調子で尋ねると、朋子は腕を勢いよくほどきながら言った。

「誰かが、いじめを受けた子どもの気持ちに徹底的に寄り添うことよ。いじめは、他の人からみれば、大したことないと思ってしまいがちなのよ。いじめを受けた子どもの気持ちは、いじめを受けた子どもにしかわからないけど、寄り添って、あなたのことを大切に思っているよという人がいれば、子どもは救われるはずよ」

毛利は、深くうなずきながら聞いた。


ユニオンに加入した当初、雅広は、まだ人間不信から脱却できていなかった。ユニオンの聞き取りに応じながらも、もしかしたら、まただまされているのかもしれないという不安が湧き上がってくるときがあった。毛利から、JEC分会に出てみないかと誘われた。

分会の例会の開始時刻前に事務所に来て待っていると、メンバーが集まってきた。最初に来た背の高い男は、「汐見です」とちょっと照れながら言った。

「彼は、メンタル不調で休職して復帰したら、職場を替えられて、退職強要を何度も受けて、主任から新入社員並みの格付けに落とされて、会社と闘っているんだ」

毛利の説明にうなずいている人たちを見て、ここにJECと闘っている人がいるんだ。自分だけじゃなかった。仲間がいると思うと、とても力強く感じた。雅広は、少しずつ人間不信の霧が晴れていくのを感じた。

団体交渉開始

5月29日午後、雅広は、ユニオン神奈川支部執行委員長の岡村、渡里とK労働局を訪ね、経過説明と診断書類を添付して、「助言・指導」申出票を提出した。

「午前中に、植草さんの組合加盟通知書を会社に提出して、団体交渉の要求書も渡してきましたよ」

ハンチング帽をかぶった渡里が、横を歩く雅広と岡村を見やりながら言った。

「いよいよ、闘いの始まりね」

岡村は、ふくよかな顔に笑いを浮かべて、大きく体を揺すった。

「団体交渉権は、憲法や労働組合法で保障された労働者の権利で、団体交渉を要求されたら会社は拒否できない」

渡里が説明してくれる労働者の権利は、労働者にとって、とても大切なもので、たぶん学校で習ったはずだが、雅広には思い出すことができなかった。

3日後、K労働局三谷氏より雅広に電話があり、会社に口頭助言した結果が伝えられた。会社は、今後K病院から提出される診療情報提供書によっては、復職可の判断が出ることもあると言っているので、提供書の提出に協力してはどうかという助言だった。

確かに前日、会社からK病院への情報提供依頼書が送られてきて、署名・捺印《なついん》して医師に渡すよう指示があった。ところが内容を見ると、休職に至った原因はセクハラにあるのに、そのことにはまったく触れておらず、Ａクリニックの診療情報提供書（傷病名：能力発達にもともと特性があり、業務に支障をきたす人）が添付されていた。このまま病院に提出すると、再度復職の妨げになるものが書かれる恐れがあると不安になった雅広は、ユニオンに相談した。

雅広は岡村とＫ労働局を訪ね、Ｋ病院への情報提供依頼書から復職の妨げになる事項を削除しセクハラ被害の是正を求める「助言・指導」申出票を提出した。

Ｋ労働局から、助言・指導が会社に回り、会社から送られてきた情報提供依頼書では、復職の妨げになる事項が削除されていた。雅広は急いで、Ｋ病院に情報提供依頼書を提出しようと予約を入れたが、紹介状が必要と言われ、雅広は紹介状と意見書をもらうために母親に同行してもらい、埼玉県のＹクリニックを受診した。

Ｙクリニックの意見書は、その日にもらえたが、紹介状（診療情報提供書）は、遅れて7月1日になった。

やっと、Ｋ病院を受診できると思ったら、今度は、Ｋ病院のケースワーカーからは、Ａクリニックの紹介状でないと受け付けないと言われてしまった。Ｋ病院のケースワーカーは、ＪＥＣＤＳ常駐の蓮田看護師の名前を知っていた。蓮田看護師がＡクリニックの情報を吹き込んだのかもしれない。

なんとか、Ａクリニックから紹介状をもらうことができたが、翌日の団体交渉の前にＫ病院を受診して診療情報提供書を入手することはできなかった。

第1回団体交渉は、2017年7月11日、田町駅近くの貸し会議室で開かれた。会社側の出席者は、財津と2人の担当者。ユニオン側は、毛利と雅広に、岡村神奈川支部執行委員長、小宮JEC分会長、末野JEC労協代表、渡里書記局員も加わって臨んだ。会社側の担当者の1人は、原だった。雅広と同期入社の大学院卒業者だった。人事総務部に配属されていたが、まさかこんな形で対面するとは思わなかった。

あいさつの後で、毛利が正確を期するために録音の了承を求めると財津は難色を示したが、今まで何十回と団交をしており、全て録音しているとつっぱねて録音ボタンを押した。

団体交渉では、ユニオンは次の事項を要求した。

①セクハラ、パワハラ、退職強要の謝罪を求める。
②組合員・植草雅広の復職実現を求める。

団体交渉では、お互いに主張を述べ、問題点を整理し、次回までに調査することを約束した。最後に、雅広が「私の体調は、すでに回復しています。元気に働けます。よろしくお願いします」と力強く述べて、散会となった。

次回の日程については、休職満了日の7月25日が迫っているので、早急に、18日か21日に2回目を開くように、ユニオンから要求していたが、会社からはFAXで、7月14日に回答があった。

①指摘期日での団体交渉の開催はできない。

②Yクリニック発行の診療情報提供書を確認した結果、復職プロセスの一環として産業医と本人の間で面談を検討している。
③会社所定の職場復帰手続きによる復帰可否判断までは、休職期間満了としない。
雅広は、休職期間が延長されたので、ほっとしたが、復職を勝ち取るまで気が抜けないと思った。それとともに、ユニオンの力を認識した。とても、1人では会社に対抗することはできないが、ユニオンならできるのだ。

ところが、7月17日に、会社から2017年7月13日付発行の二つの文書が雅広のアパートに届いた。出社通知かと思い封を切って読んだら、雅広は頭から血の気が引くようなショックを受けた。なんと中身は、7月25日休職期間満了での自然退職の通知と退職手続き書類だった。会社はFAXで、職場復帰手続きによる復帰可否判断までは休職期間満了としないと回答してきていたのに、これはなんだ。心臓がバクバクしていた。どっちが本当なんだ。落ち着け。雅広は自分に言い聞かせて、すぐ毛利に電話した。

「会社から、休職期間満了で、自然退職の通知が来ました。FAXでは職場復帰手続きによる復帰可否判断までは、休職期間満了にしないとありましたよね」

雅広は、息継ぎを忘れて一気にしゃべった。

「大丈夫。落ち着いて。それは、向こうの手違いに違いない。とにかく、文書を、至急こっちに届けてくれるかな」

毛利の落ち着いた声に、雅広は、やっと我にかえった。そうだ。これも、向こうの攪乱《かくらん》戦法なのかもしれない。振りまわされてはならない。

翌日、岡村と雅広は自然退職の通知と退職手続き書類を持って、湘南テクニカルセンターに抗議に行った。受付で事情を説明して総務の財津、または担当者に受付まで来るよう頼んだ。しかし、財津は不在で対応できる者はいないと断られた。やむを得ず、受付から総務に電話して、二つの文書は、7月14日のFAXでの回答と異なると厳重な抗議の伝言を財津に残した。

次の日、午前中に雅広は会社に電話して、二つの文書の差出人と話そうと、書類に書かれていた担当者を呼び出したところ、財津が出た。

「あれは、退職通知を手違いで送ってしまったものです。無視してください」

まったく悪びれた様子も見せない財津の態度に、雅広ははらわたが煮えくりかえる思いがした。毛利が電話を替わって、二つの文書についての見解と休職期間満了としないと記載した文書を出してもらうよう要求したところ、午後になってFAXが届いた。

会社から送られてきたFAXには、7月25日で休職期間満了とせず、産業医との面談を実施すると書かれてあった。雅広は、これで25日が休職満了でないことは確実だと胸をなで下ろした。

2回目の団体交渉の日程を決めないまま、ずるずると回答を延ばす財津に業を煮やして、毛利が財津に電話を入れた。

「産業医面談を待たなくても第2回団体交渉は開催するべきだ。無理というのであれば不誠実団交と判断して抗議行動として社長宅へ要望書を持参しますよ。とにかく、28日中に回答をください」

財津とのやり取りを終えて受話器をおいた毛利は、憤懣《ふんまん》やるかたない表情で言った。

「31日中に回答したいということだ。産業医面談結果を31日でないと聞くことができないということを理由にしている」

7月28日に雅広は産業医の野中との面談のため久しぶりに会社に行った。野中は雅広を一瞥《いちべつ》して言った。

「Aクリニックで病状の詳しい説明を受けましたか」

「いいえ、Aクリニックに行って、病状説明を受けていなかったし、診療情報提供書も納得できないので書き直してほしいと頼みましたが、拒否されました」

「拒否された？　説明することも拒否したの？」

野中は、眉間にしわをよせて、信じられないという顔をした。野中産業医には、この間の経過が何も伝わっていなかった。雅広は、前回の面談以降の経過を簡単に説明し、最新のYクリニックの診療情報提供書にある通り、自分は寛解していて、職場復帰にあたっては、何の配慮も必要ないと主張した。しかし、野中産業医は、Yクリニックの診療情報提供書だけではなく、AクリニックやK病院、リワーク・カウンセラーの意見書も総合的に判断しなければならないので、産業医としては復帰にあたっては、それなりの配慮が必要と考えていると譲らなかった。

リワーク・カウンセラーの意見書は、雅広にとって、初めて聞く話だった。確か、リワーク・カウンセラーとの面談の中で、復職する際には会社は配慮事項を聞いてくることがあるので、どういう配慮があったらいいか一緒に考えましょうと言われたことがあったが、その資料がなぜ産業医の手元にあるのか疑問に思った。これは診療情報に値するものなのに、本人の同意なく資料のやり取りがされていたということになる。

2回目の団体交渉は、ユニオンから再三申し入れをした結果、2017年8月8日、前回と同じ場所で、ほぼ同じメンバーで開かれた。ユニオンの要求事項には、「休職消滅と自宅待機及び賃金支払いの合意書について」が加わった。

団体交渉の最初に、財津は、セクハラの件について、調査の結果を読み上げた。

「行為者、部長なんでしょうけども、部長はそのようなことを行った記憶はないというふうに言っています。ただ、常日ごろから植草さんの元気がないことを気にかけていて、あの手この手で元気を出させようとしていたと、私どもも見て取っておりました。まあ、酒の席での話なのでどこまで部長が酒を飲んでいたかというのもあるんですけども、仮に事実であれば、酒に酔った部長が植草さんに元気を出させようとして、お尻を比較したという行為に及んだんじゃないかというふうに考えています。いずれにしても部長の方はやっていないと言ってる。一方、植草さんはやられたということで、仮にこれが事実であって植草さんが苦痛に感じたということであれば、大変申し訳ないと思っています。ということで謝罪をさせていただきたいというふうに思っています。また、復職面談の際、パルスタッフという障害者雇用の会社を提案したことについて植草さんが傷ついたというのであれば、きちんと謝りたい」

雅広は財津の回答を聞いて、こんなに早く会社が謝罪するとは思っていなかったので、ちょっと意外な気もした。ユニオンとしては、会社の公式の謝罪と受け取った。

さらに復職の件については、7月28日に産業医と雅広が面談した結果、産業医が復職のプロセス再開に合意したので、会社もその決定を受け入れ、今後復職プロセスに従って進めることになった。

第2回団体交渉の結果は、全体として会社回答に前進が見られ、今後に明るい展望を感じさせるものだった。団体交渉結果はユニオン内に報告され、それを聞いた中央執行委員長の斉田は、参加しているJEC分会の例会で上機嫌で言った。

「たった2回の団体交渉で解決の道筋がみえたのは、画期的だ。普通、こういうので会社が謝罪することは、ほとんどないからな」

中央執行委員長自らが分会の例会に参加するのは異例だが、JECでの闘いを重視しての対応なのだ。

どうして、人のために

ある日、毛利が集会の資料を雅広に手伝ってもらって作っていたとき、雅広が手を止め改まった表情で言った。

「ユニオンや電機協のメンバーの方々は、私のために労働局に一緒に行ってくれたり、団体交渉に出席したりしてくれますが、みんな無報酬、手弁当なんですよね。どうして、そこまでしてくれるんですか」

毛利は、手を休めると、椅子に座り直して言った。

「植草さんは、何年生まれだっけ」

「1991年です」

「そうか、植草さんが生まれる13年前、1978年に久喜電気という会社が、1500人の人員整理を発表して、肩たたきされた1060人が泣く泣く希望退職に応じたんだ。にもかかわらず、会社は、名指しで300人の解雇を強行した。結局、会社のやり方は不当だと71人が解雇撤回の裁判を起こして、いろんな苦難を乗り越えて、1987年に争議は勝利和解となって、35人が職場に復帰した。斉田さんは、久喜に勤めていたから、その争議を中心になって闘った人だよ」

毛利は、視線をあげ遠くを見る目をして言った。

「9年ですか」

雅広は、視線を宙に浮かせていた。頭の中で自分の年齢の26歳に、9を加えると35歳かと計算していた。

「久喜の不当解雇撤回の運動で、全国の電機の職場に支援のネットワークができたんで、勝利和解の次の年に、電機労働者協議会という組織ができた。本来は、労働者を守るのは労働組合の役目なんだから、久喜の労働組合が指名解雇に反対しなければならない。もし不当解雇された場合は、不当解雇撤回の運動も労働組合が先頭に立ってやるべきことなんだ。しかし、久喜の労働組合は、率先して経営合理化を提案し、会社が人員削減案を出したら、1割の人のために9割の労働者が犠牲になれないと、不当解雇反対の声を押しつぶし、指名解雇に反対という外部の労働組合や民主組織の協力も退けたんだ。そして、あろうことか、争議団が取り組んでいた行商やカンパ活動にも協力しないようにという回状を各労働組合に送って妨害したんだ」

雅広は、思わず声を出してしまった。

「ひどい労働組合ですね。ゲームでよくある、表は善人の顔をして、裏では悪魔と手を握っているやつですね」

「ＪＥＣの労働組合も五十歩百歩だよ。電機協は労働組合のあり方について論議することを目的に、職場の要求を知るため春闘アンケートに取り組んだり、学習会を開いて識者に講演してもらったり、電機産業への政策提言を作成したりしてきた。その流れの中で、２０１１年に個人加盟の産業別労働組合、電機労働者ユニオンが誕生した。そして、ユニオンができた次の年に、ＪＥＣで1万人リストラがあった」

毛利は、ユニオン設立の翌年にあった、ＪＥＣの1万人リストラとの闘いを思い出していた。

２０１２年1月、ＪＥＣは業績悪化を理由に、国内外で1万人を削減すると発表した。1万人のうち正規、非正規の内訳は正規５０００人、非正規５０００人で、正規社員の国内、国外内訳は、国内２０００人、国外３０００人であった。同時に発表された決算予想は、１５０億円の黒字から１０００億円の赤字へ下方修正された。

大幅な赤字を人減らしの理由にしているが、その多くは繰り延べ税金資産の目減りのためであり、また４００億円は人減らしに当てる費用であった。電機協と電機労働者ユニオンは、営業利益が昨年よりも増える見通しなのに人減らしはおかしい、中期計画を達成するためかもしれないが、社員や下請けに犠牲を押しつけるのは本末転倒だとの大宣伝で反撃することを決め、各事業場の門前ビラ配布に、かつてない動員をかけた。「はっきり辞めませんと言おう」と書いた漫画ポスターを電柱に掲げると、出社してきた社員が看板を見て、ビラを取っていった。

門前での宣伝と共に、ホームページを活用して、職場と双方向での情報交換、状況把握に努めた。情報を求める人がホームページに殺到し、アクセス数は急上昇した。ホームページにリストラアンケートを開設すると、多数の真面目な意見が寄せられた。今回のリストラの是非についての質問には、67％の人が、JECにとって良くないと否定的で、経営に責任があるという回答は、96％であった。JECが再生するには何が必要かとの問いに、雇用を守ることにより、社員の働く意欲が増大し、活性化するという答えには説得力があった。みんな、それぞれ考えているのだ。

5月の連休明けから個別面談が始まると、ビラを見て、退職強要されていると相談にくる人が増えた。

Mさんは面談で「退職しない」と断っても、面談上司は「あなたの今後のキャリアについての面談だ」「業務だから」「当局に退職強要にあたらないと確認している」と、2カ月で10回を超える個人面談・退職強要を受けた。

JEC労働組合は、会社と組合員が現状認識を共有すること、トップが覚悟を持って構造改革を断行することを条件に1万人リストラを受け入れた。そして、退職強要を行わないことを会社と確認したが、面談回数は制限しない、退職強要かどうかは組合が判断すると表明した。

電機協と電機労働者ユニオンは、JEC本社から目と鼻の先にある福祉センターで「JECのリストラを考えるシンポジウム」を開催し、社員に参加を呼びかけた。当日は、退職強要を受けている当事者が数人参加して面談のリアルな実態を発言すると、会場を埋めた参加者から会社への怒りと当事者への励ましの声があがった。

Mさんのケースは、日本共産党の議員が国会質問で取り上げ、政府を追及した。

面談期間が中盤にかかった頃、毛利の携帯に電話がかかってきた。

「あの、緒方と言います。会社から退職強要されて困っています」

毛利の携帯番号がビラに書かれていたので電話したと言う。毛利は、ユニオンの事務所で、相談にのることにした。緒方は、うつ病にかかって休職していて、良くなってきたので、復帰の相談にいったところ上司と人事担当から、戻っても仕事がないと告げられたというのだ。

「緒方さんの職位は?」

毛利が聞くと、緒方は言いよどんでいたが「設計部門のエキスパートでした」と答えた。同席していた小宮も、驚いて「えっ、エキスパートなんですか」と聞き返した。

「誰から退職強要されたんですか?」

「上司の部長です」

絶対辞めませんと答え、複数回の面談は退職強要だからやめてくださいと抗議しましょうとアドバイスした。それでも、面談をやめない場合は、ユニオンに入って、会社に抗議すれば退職強要はなくなると説明すると、緒方はうなずくが不安は拭えないようだ。

「週刊誌に、共産党の議員が、ＪＥＣのリストラについて、政府を追及しているのが載っていましたね。やっぱり、こういうときに頼りになるのは、どこかわかりますよね」

緒方は、しみじみと語った。ホームページのリストラ掲示板も見ているそうだ。

住所を尋ねると、意外にも毛利の住んでいるところの近くのようだった。ユニオン加入については、考えてみますと言って緒方は帰っていった。

１週間後、また緒方からショートメールが送られてきた。

「また、面談で退職強要されました。残るなら、今後どうやって会社に貢献するか、業務改善計画を出せと言われました。もう、いやになりました。こんなこと耐えられません」

毛利は、すぐにショートメールを返し電話をかけたが、応答がない。

毛利はうろ覚えに聞いていた緒方の住所をさがすが、見つからない。

「早まらなければいいんだが」

毛利が漏らした言葉に、小宮が黙ってうなずいた。

「メールを読んでいるかもしれない。励ますメールを送り続ければ、答えてくれるかも」

小宮に言われ、毛利はどんな言葉なら、弱り切った緒方の心に届くだろうと考えた。一方で、仕方がない、最後は緒方が判断することだという考えも浮かんだが、毛利は、すぐにそれを振り払った。

携帯に登録している乗り換え案内のアプリから、近くの駅で人身事故が起きている通知がきていた。毛利は背中に水を浴びせられた気がした。大丈夫だ、そんなことはないと毛利は祈りながらメールを送った。

夜中に、メールの着信音が聞こえた。跳び起きると、緒方だった。

「メールありがとうございます。妻に言えなかったのですが、やっと正直に話しました。心配させたくなかったから黙っていたのですが、限界でした。妻が私も働くと言ってくれ、そんな親身に相談に乗ってくれるところなら間違いないのではないかと言ってくれました。決心しました。ユニオンに入ります。よろしくお願いします」

「よかった！」思わず声をあげると、隣で寝ていた朋子が、「うーん」と寝返りをうった。

緒方に関する団体交渉は、会社近くの貸し会議室で開かれた。毛利は、ユニオンの斉田委員長と共に会社代表との団体交渉に臨み、ＩＣレコーダーに交渉を録音した。

「緒方さんに面談をしたのは、上司の部長さんですよね」

ユニオンの質問に、勤労課長はのらりくらりとまともに答えようとしない。

「こちらは退職強要だったといい、そちらは退職強要していないという。でも、証拠がありま す。面談の時の録音です。上司の部長の出席を強く求めます。退職強要を認め、謝罪することを強く求めます」

会社は上司の部長の出席を渋って膠着《こうちゃく》状態になった。ただ、結果的には緒方への退職強要面談は止まった。

最終的に、早期退職募集には、国内2000人目標に対して2393人が応募したが、十数人が電機労働者ユニオンに加入し、退職強要をはね返して安心して働き続けられる職場を目指して闘いに立ち上がった。

あの時、50人以上の労働者が、退職強要されているとユニオンに相談にやってきた。正直言って、次々にやってくる労働者に、ユニオン側の対応は十分とは言えなかったが、労働者と時代が変わり始めていると実感することができた瞬間だった。

「すごい歴史ですね」

毛利の述懐に雅広は感嘆の声をあげた。しかし、まだ、ひっかかるところがあるらしい。

「どうして、みんな、人のためにがんばれるんですか」

「それは、一人一人の労働者は弱い。力を合わせて団結しなければ何一つ実現できない。人のためにやっているようで、自分のためでもあるんだ。まあ、大変だけど、実際は、楽しいからやっているという面もあるんだ」

毛利は、山形県の鶴岡まで宣伝部隊を組んでビラまきにいったときのことを、雅広に語った。

JECの半導体部門はJECエレクトロニクスとして独立したが、経営難は続き、最終的に武蔵製作所と三つ星電機の半導体部門が合併してできたインフィニに統合することになった。存続会社はJECエレクトロニクスだったが、社名はインフィニに決まった。

2010年に発足した新生インフィニの100日プロジェクトの内容は、マスコミ情報を総合すると、グループ全体で4万8000人いる社員のうち4000人を削減し、設備が古く生産効率も低い工場を閉鎖、縮小するというものだった。山形県の鶴岡市にある半導体の山形工場でも、人員削減が強行されることが予想された。しかし、山形県には電機協の組織がなかったので、宣伝ができていなかった。そこで、電機協では反撃の門前ビラ配布を行うことを決め、東京から宣伝部隊を送り込むことになった。もともと、山形工場はJECの分身会社だったので、JECのメンバーに声がかかり、定年退職したばかりの毛利も参加した。

11月の底冷えのする朝9時に、東京駅に集合したのは、JEC関係のメンバー6人と東京電機協のメンバー3人だった。新幹線で新潟に行き、羽越《うえつ》本線の特急に乗り換えた。現地の天気予報は、今日は雨、明日は雪だったので、毛利はかっぱ、厚手のシャツ、セーター、ジャンパーをバッグに詰めてきた。

羽越本線は、強風を受けやすい路線だ。空が暗くなり、風の音が強くなってきた。窓から見える木々も枝を揺らしていた。

「確か、竜巻で脱線事故が起こったのは、この近くじゃなかった?」

ボックス席の窓際に座った小宮が、向かいの毛利に話しかけてきた。

「事故現場は、鶴岡の先だけどね。あのときは確か5人も亡くなったんだよね」

毛利も天候が気になって、ネットで検索した時に、羽越線の関連として事故の記事を読んだのだった。話をしているそばから、電車の速度が落ち、小さな駅で停車してしまった。しばらくして、風速が規制値を超えたために風が収まるまで停車しますとの車内放送が流れた。

「どうしよう。現地の組織にも協力してもらってビラまきすることになっていたのに、約束した時間に遅れちゃうよ」

現地と調整したメンバーが、席から立ち上がって外を見ている。

「しようがないよ。自然相手じゃ、どうすることもできない。向こうに携帯で連絡して、待ってもらうしかないよ」

毛利は、そう言うと背もたれに寄りかかった。


毛利の一言で、立っていたメンバーも座り直して、携帯を取り出し現地メンバーに電話をかけた。

「毛利さん、こんなところで何だけど、この前の事務局会議で、労働組合、ユニオンの結成のことが議題になったと聞いたけど、少し教えてもらえない？」

小宮から声をかけられて、毛利はミカンの皮をむきながら、「いいっすよ、まだ話せないこともあるけど」と鷹揚《おうよう》に答えた。毛利は、電機協の全国幹事になっていたので、重要な情報にも通じていた。

「われわれは、今まで企業内労働組合を内部から民主化しようと活動してきたけど、それは、もうやめるの？」

「やめないですよ。それはそれで、これからも続ける。ただ、今の企業で働いている派遣、パート、アルバイトの非正規労働者は、無権利で、未組織な状態でしょ。ユニオンは、まず、これらの人たちの受け皿をめざす。また、正規社員も、成果主義で追いつめられて、リストラで退職強要されている。こういう人たちが、既存の労働組合に相談しても相手にされず、ユニオンに駆け込んできたら、追い返すわけにはいかないでしょ。そういう人たちも、誰かが守ってあげなければいけない」

「その正規社員は、既存の企業内労働組合の組合員だよね。ユニオン・ショップだから。駆け込んできた労働者は、既存の労働組合を脱退して、われわれのユニオンに加盟するの？ ユニオン・ショップを脱退すると、解雇されるんじゃないの？」

「脱退しないんですよ」

毛利は、小宮の疑問を否定すると、ミカンを口に放り込んだ。しばらく、咀嚼《そしゃく》して唇が潤うと、毛利は調子よくしゃべりはじめた。

「企業内労働組合から脱退しないで、われわれのユニオンにも加盟するんです。二つの労働組合に加盟、つまり二重加盟です。日本国憲法第28条は、労働組合に加入して活動する権利を、基本的人権として保障しています。これは、1カ所の組合に特定されるものではないと解釈できるから、二重加盟は法律上なんら問題ないんです。実際、関東と関西で個人加盟の労働組合を作って10年間活動してきた実績もあるし、それを発展させて、全国単一の産業別労働組合を作ろうというわけです。この組合には、派遣社員、パート、アルバイトに加えて正規社員でも、個人で加盟することができます」

毛利の説明に、他の席のメンバーも聞き入っていた。

「ついに、われわれの労働組合、ユニオンができるのか」

小宮は、感に堪えないという表情で、声を震わせていた。

「たぶん、会社がリストラすればするほど、労働者はわれわれのユニオンに駆け込んでくるでしょう。われわれは、日本の電機産業を相手にした単一の労働組合になる。武蔵製作所、ＪＥＣ、インフィニ、久喜電気、志摩通、北浦電気、吉本電器、三つ星電機、全ての電機企業に働く労働者が対象です」

「話が大きすぎて、目がくらみそうだな」

「まあ、夢はでっかい方がいいでしょ。でも、実践は足元を見て、みんなの意識をあわせて一歩一歩。これが鉄則ですよね」

毛利は、みかんを食べ終わって手を払った。疑問が解けた小宮が笑顔を返した。

風が少し弱まったと思うと、アナウンスに続いて列車がゆっくりと動き出した。低速で、止まったりしながらの運行だったので、列車が鶴岡駅に着いたのは、予定よりも約1時間遅かった。

細かい雨が降っていた。雪に変わりそうなくらいの冷たい雨だった。半導体工場は、24時間稼働の交代制勤務だ。せっかく、遠路はるばる出張ってきたので、交代で入退場する社員にビラを渡せる可能性があれば逃すのはもったいない。駅の待合室でレインコートを着て下は雨がっぱのズボンをはいた。レインコートの下には厚手のセーターを着込んだので、すっかり着ぶくれて、腕に通した電機協の赤い腕章はピンで留めなくても落ちる心配はなかった。傘もあった方がいいと思ったので、駅の売店でビニール傘を買った。

宣伝隊は、駅の反対側にある工業団地までぞろぞろと歩いて行った。通りかかった人たちが、何事が起きたのかと驚きの表情で道をあけてくれた。半導体工場は、とても広い。門にたどり着くまで、四角い建物の壁を見ながら、延々と歩かなければならなかった。割り当てられた東工場の門前に到着した。門の脇には守衛所があって、2、3人の人影が動いていた。ここの工場で働く人は、ほぼ全員自動車通勤ということなので、門前にある広い駐車場の入り口で配ることにした。

配りはじめると、ワゴン車が駐車場に入ってきた。ワイパーを動かしたまま、男が降りて近づいてきた。

40代後半の中間管理職らしい顔つきだった。毛利が頭を下げてビラを差し出しながら言った。

「電機協です。工場閉鎖に反対しましょう」

「会社の敷地内では、配らないでくださいよ」

男は鋭い目つきで一言牽制《けんせい》すると車に乗って、すぐに出て行った。毛利と相方が立っていた場所が側溝よりも内側だったので、わざわざ咎《とが》めに来たらしかった。

工場に出入りする労働者は少なかった。じっと待っていると寒さが足元からはい上がってくる。足踏みして寒さをこらえる。ワゴン車が道路に止まったので、また嫌がらせかと身構えると、降りてきたのはカメラを担いだ若い男と、マイクを手にした女性だった。毛利とビラを配っていた相方が2人に近づいて頭を下げた。2人との挨拶を終えると、相方はカメラに向かって姿勢を改めた。女性が話してマイクを相方に向けた。

「山形工場の閉鎖は、地域経済に大きな影響があります。労働者にとっても、死活問題です。なんとしても工場閉鎖を避けるよう、市長や知事を通して会社に要望したいと思います」

相方は慣れた様子で、インタビューに答えていた。これは労連の宣伝部隊だろうと思っていたが、引き揚げるカメラの男に聞くと「今夜、流れると思います」と返事が返ってきた。男が抱えるバッグには、ＪＨＫ山形のマークがあった。実際、ビジネスホテルの部屋で毛利がテレビを見ていると、午後8時45分から9時のローカルニュースで自分たちの宣伝がかなり長い時間流されていたので、びっくりした。

翌朝は、5時30分からビラ配りを開始した。夜明け前で、辺りは薄暗い。早番の人が工場に次々に入っていった。全ての社員が車で出勤してくる。駐車場に入るところで、右折と左折のランプが点滅して並んでいた。6時になると引き継ぎを終えて出てくる人が増えた。中には、並んで歩きながら「昨日、テレビでやっていたね」と会話を交わしている人たちもいた。次第に、辺りが明るくなり、雪をいただいた鳥海山が遠くに浮かんでいた。

ビラまき宣伝が終わると、参加したメンバーでレンタカーを借り、近くの名所を回った。土門拳記念館で芸術作品を鑑賞し、漁港のレストランで海鮮料理を堪能した。信頼している仲間との憩いのひとときは、何ものにも代え難いものだった。

労働局、労基署

第2回団体交渉で、復職プロセス再開が合意されたので、ユニオンから事務折衝の申し入れを行った。それに対して、財津から、職場上司、総務、本人の三者面談を開くとの連絡があった。しかし、当日になって職場上司が香港から戻れなくなったということで、産業医から会社に報告があった内容の説明会に変更された。同行した渡里は雅広から切り離されて応接室で財津との懇談になった。

5階の健康管理室で、雅広は総務の多田と看護師の蓮田から産業医の報告について説明を受けた。2人の言葉は侮蔑的な表現を含んでいた。特に、雅広の心に針のように突き刺さったのは、蓮田看護師の次のような言葉だった。

「文書が無いと、理解できないんですか」

「口頭で理解できてなかったってことですか」

「助けが必要ですか。もうちょっと説明をしたほうがいいですか。私の話分からないですか」

「質問をちょっと分かりやすく、例を入れたほうがいいですか」

多田の説明も雅広の意向とは、食い違ったものだった。

「植草さんの復職にあたって会社として行う配慮事項の基本は、Aクリニックの矢部医師が出したものになります。それは、産業医の意見です」

しかし、雅広が産業医から聞いたのは、Yクリニックや K病院等の診断書も含め総合的に判断するということだった。実際、産業医から総務にどのような指示が出たのか知りたいと思って、要求した。

「産業医の指示を文書で出してほしいです」

多田が一瞬眉をひそめて答えた。

「産業医に相談します」

9月下旬、小宮と渡里が田町の貸し会議室で財津と事務折衝を行った。現在の雅広の立場については休職期間延長で特別扱いとなっていることが確認できた。産業医が発行したのは「就業可否通知書」というもので、そこにはAクリニックの診療情報提供書の配慮事項を参照するように書かれていることが判明した。ユニオンから休職期間の終了と会社責任による休業手当支給を提案し、財津が持ち帰って検討するとなった。

10月になって会社からFAXで送られてきた回答には、「休業手当の支給には応じられない」とだけ記載されていて、理由は書き込まれていなかった。

そこで、雅広は渡里とO労働基準監督署を訪ねた。会社の指示で休んでいるのに、休業手当を支給しないのはおかしいと、労基法26条に基づき、「未払い賃金請求に関する申告書」を提出するためだ。雅広は女性の労働基準監督官が、働く人を守るためにと奮闘するストーリーのテレビドラマを思い出した。労基署は、そういう正義感あふれる人たちがいるんだと期待していた。

対応してくれたのは、丸顔で頭髪の薄くなった主任監督官だった。

「この事案は大変難しい。会社が産業医からの報告で病気が治っていないと判断したと主張した場合、それ以上踏み込めない。請求書の回答を見る限りそのように受け取れます。申告を受け付けないとは言っていない。診断書と会社の対応が違う点で調査をする必要はあると思うからです。受け付けます。監督署はあくまで労基法26条の休業手当を支払うに当たるかどうかを調査します」

じっくりと申告書を読んだ後、主任監督官は重々しく言った。

3週間待ってもO労基署からの回答がないので、再度、雅広と渡里が要請を行ったところ、11月になって労基署の主任監督官から雅広に電話があった。

「結論から言うと、休業手当の違反は認められない。理由は、会社の就業規則に、復職には会社の許可を得なければならない、また休職中は無給と書かれているためです。会社としては権利を行使しているということになる。その権利を濫用《らんよう》しているんじゃないかっていう言い方はできるかもしれないが、権利の濫用かどうかの判断は労働基準監督署ではできないので、これで終わりです」

録音した内容を聞き直した雅広は、唇をかみしめた。やっぱり、労働基準監督署も正義の味方ではなかったと思った。

月が替わって、雅広は気分転換にたまには魚釣りにでも行こうかと思った。釣りは子どもの頃、父親に連れられて行って以来続けている趣味だ。テニスは相手がいないとできないが、釣りは1人でできる。雅広は、クローゼットに押し込んでいた釣り具の仕掛けを点検した。翌日、小田原の海まで自転車を走らせた。重たい釣り道具を背負って走ったので、到着したときにはしっかり汗をかいていた。釣り場に到着すると、間隔を置いて、釣り人が竿《さお》を立てている。

周りの釣り人に挨拶して、場所に入れてもらう。最近の釣果を聞くと、海底のほうに大型が潜んでいるらしい。釣果を期待しながら竿を出しエサを用意しはじめる。この瞬間がたまらない。今日の狙いは「メジナ」。関西では「グレ」とも呼ばれ、とてもおいしく釣りでは大人気のターゲットだ。釣りを開始してしばらくするとウキが怪しい動きをする。左右に揺れたりちょこちょこ上下したり、「まだだ、もう少し待つんだ」と心に言い聞かせて待つ。その瞬間、ウキが海面から消えた。「今だ！」と竿を大きくあおると、竿が強烈に曲がり、きれいな円弧を描く。魚が海底の障害物に逃げ込もうとするのを、竿をコントロールして制する。釣り場にいたギャラリーも騒ぎはじめる。やがて上がってきたのは約30センチのメジナだ。網を使って丁寧にキャッチ。長い闘いの末に勝利を手にした。下処理をしてクーラーボックスに入れお持ち帰り。夕飯はお刺し身とお味噌汁《みそしる》だ。その後は当たりに恵まれなかったが、海風に吹かれて広い海を眺めているだけで、気持ちがよかった。

「未払い賃金請求に関する申告書」をO労基署に申告以降、財津が渡里からの電話にまったく対応しないなどの変化が出てきた。

定期的に行っているユニオンの雅広の対策会議でも論議になった。

「労基署の見解は、当然調査を受けた財津も知ったはずだ。労基署の見解を知って、強気になったと考えざるを得ないなあ。確かに、従業員就業規則の復職の条項に、『会社が就労可能と認定した場合に復帰を認める』とあるからなあ」

　末野が、就業規則をめくりながら言った。

「私が入社の時にもらった就業規則、労働協約には、『休職中に休職の事由が消滅した場合は復職させる』とあって、『会社が就労可能と認定した場合に復帰を認める』という条件は入ってなかったですがね」

　小宮が、赤茶けた冊子を示しながら言った。

「確か、メンタル疾患が増えてきた頃に、会社が入れたんだったなあ」

　末野が、当時を思い起こすように言った。

「すみません。労働協約と就業規則の関係って、どうなっているんですか」

　雅広は、気になった疑問を率直に口にした。何でも恥ずかしいと思わず聞くことにしている。

「労働協約は、労働組合と会社との間で労働組合に加入している組合員の賃金、労働時間などの労働条件について取り決めたものなんだ。就業規則は、会社が管理職も含めて働く人の労働条件を定めたもので、組合員に関して言えば同じ内容なんだ。ただ、労働基準法で、就業規則は労働協約に反してはならないと決められているから労働協約の方が強いんだよ。だから、会社は、まず、労働組合と交渉して労働協約を改定しないと就業規則を改定できないんだ」

　渡里がわかりやすく説明してくれたので、法律上の関係は理解できた。しかし、違和感が残った。

「なぜ、その時、労働組合は、『会社が就労可能と認定した場合に復帰を認める』という条件の追加を認めたんですかね。病気や障害が治ったけど、能力が少し落ちた人を会社から排除しようという意図は明白じゃないですか。休職したことのある人の意見を聞いたんですかね」

雅広のつぶやきへのコメントはなく、会議室に一瞬の静寂が漂った。

財津の対応が悪く事務折衝が開催できないので、11月下旬、渡里と雅広は、ＪＥＣＤＳ・湘南テクニカルセンターに出向き、団交申入書を提出した。

また、休業手当請求の起点を、２０１５年12月21日とし、本人の同意のないまま、有給休暇や病欠扱いにしたのは労基法や労働安全衛生法に違反することを付加した内容にした2度目の「賃金未払い請求に関する申告書」を提出するために、雅広と渡里でO労基署を訪問した。

主任監督官は、申告書を受け取りはしたが、受理はしなかった。理由は休職と同じで病欠も就業規則で産業医、会社の許可が必要となっていて会社のルールを守っていると言われると何も言えないというものだった。帰りに駅のホームで電車を待っているとき、渡里が缶コーヒーを買って渡してくれた。

「まあ、また策を考えましょう。諦めなければ、負けることはないんだから」

前回の回答から予想された結果だったので、雅広は、それほどダメージはなかった。渡里の心遣いがうれしかった。

団体交渉の申し入れに対する回答として、会社から近日中に雅広と職場の上司、総務との三者面談を行うと回答してきた。

雅広はK労働局に、助言・指導申請をした。K労働局の三谷調整官は、30代くらいの女性だった。最初、ドラマの女性労働基準監督官のイメージをいだいたが、のっけから「受け付けません」と冷たく突き放され、甘い期待は吹き飛んだ。どうなるのかと思ったが、話を少しずつ聞いてくれた。

「文中にある契約法5条はこちらで受け付ける内容なので、具体的に書いてもらえれば受け付けます」

と少し態度が変わった。ユニオンとして同行した渡里の話は聞こうとしなかったが、雅広本人からの話は聞き入れてくれた。

「前回、5月に助言・指導をお願いした時は、口頭助言をしていただいて、ありがとうございます。あの時、会社は前向きになったんですが、その後、こちらの要請に応えてくれなくなりました。ぜひ、会社への文書指導をお願いします」

雅広は、頭を下げて文書指導を依頼した。三谷は、雅広に目を向けず、文書に視線を落としたまま言った。

「文書指導は簡単ではないです。この件について文書指導するつもりはありません」

団交以降の説明をして、現在紛争状態ではないことを伝え、助言・指導を受け付けてほしいと、雅広は再度依頼した。

「会社の方とのコンタクトは取れているんですか」

「明日面談を予定しています」

「次回産業医の面談日程、復職プログラム作成、会社の今後のスケジュールを会社に確認してく

ださい。会社に復職させる考えがない場合は、その場で即答を控えてK労働局に連絡してくださ
い」

三谷の話から、今一度口頭助言をしてもらえる感触を受けて、雅広はほっとした。

三谷調整官はユニオンのことをかなり嫌っているらしく、雑談の中で、渡里を目の前にして言い放った。

「私は組合が大嫌いです。組合に力がないんじゃないですか？　何のために組合費を払っているのですか？」

雅広は、会社への助言・指導をお願いしている立場なので黙って聞き置いたが、公務員としては、上から目線の問題発言だと思った。

三者面談

11月下旬の午後に、勤務地の湘南テクニカルセンターで、雅広は、財津、職場上司の池永マネジャーとの三者面談を1時間ほど行った。久しぶりに会った池永は、雅広を宙づりにして放り出したことなど、すっかり忘れた顔をしていた。財津は、堅い雰囲気をほぐそうと思ったのか、世間話から始めた。

「最近、朝、植草さんを見かけるという話を、たまに聞くんだけど、自転車乗ってどっか行っているの」

「ええ、一応朝起きて、会社の前まで来て、そこから小田原方面に行ったり、国府津《こうづ》方面へ行ったり、いろいろなところに行ってますね。自転車で」

「その行き先って目的はなんだろう。図書館とかスーパーとか必要があって外出しているってイメージかな。それとも単にサイクリングを楽しんでいる感じかな」

「両方兼ねていますね。サイクリングしながら、いい店があったら、立ち寄るって感じです。自転車は、辺りを見ながら走れるので、こういう店がここにあったんだという新たな発見があるので、けっこう楽しいですね、サイクリングは」

お互い、気持ちがほぐれたところを見計らったのか、財津は面談の趣旨を切り出した。

「今日来ていただいた目的は、メールに書いた通りなんですけど、元の職場の池永さんと総務の私と植草さんで、まあ、復職に向けて、どんな取り組みをしているのか、情報を共有したいというのが趣旨なんですね。では、最初に、植草さんから近況や復職に向けて取り組んでいることを話してもらえますか」

「はい、リワーク・プログラムでも規則正しい生活習慣が大切と習いましたが、朝6時半に起き、夜は11時に寝て、7時間半の睡眠時間を取っています。3食きちんと食べて生活リズムを安定させています。復職に向けて、図書館に行って、仕事に関係する本を読んでいます」

雅広は、用意してきた資料を示して説明した。ちょっと誇張して言ったが、実際、最近は好きなゲームも午後11時を過ぎたらやめて寝るようにしている。

「次は、池永さんから質問をお願いします」

財津に促されて、池永のやや高い神経質な声がした。雅広は、久しぶりに池永の声を聞いた。

「あの頃とは、変わってきているようですが、そもそも職場の人と行き違いが生じる原因になっていた飲み会について、今の考えを聞かせてください」

「アルコールは今でも駄目ですが、正直に話してスキップさせてもらうか、どうしても必要な飲み会については、アルコールフリーの飲み物もあるので、付き合うことはできます。その辺は、うまく周囲とコミュニケーションを取りながら処理できるようになりました」

「それから、定時間後の残業についてですが、自分に改善を求められた時に、受け入れられるか、改善していけるようになっているかが大事だと思うんですが、そこはどうですか」

「当時の自分は、20歳も過ぎて成人しているので、何も指摘されることはないと思っていたんですけど、電機労働者ユニオンの方々と接していると、60歳以上の定年を過ぎたOBの方がたくさんいて、僕から見たら、おじいちゃんたちなんですね。そういう人たちに相談すると、『植草君の考え方は、まだ甘い』とか『若いのに、考え方に柔軟性がない』とか、いろいろ教えてもらいました。これからは、自分は完成された人間と思わないで、成長していくために指摘されたら率直に受け入れていこうと思います」

雅広の回答に、池永は軽くうなずきながら聞いていた。すると、財津が割り込むように質問した。

「リワークの講習を受けたあとで植草さんと話をする機会が何回かあったんですけど、そこではそんなに感じなかったんですよ、はっきり言うと。じゃ、4月以降復職に向けての取り組みの中で、何があって考えに柔軟性が持てるようになったんでしょうかね」

それは、雅広に自分を振り返らせる質問だった。確かに、自分は変わった。しばらく考えてから、雅広は答えた。

「それは、やっぱり電機労働者ユニオンの方々と交流したことが大きいと思います。やっぱり年配の方々が多いので、『ワシはこういうつらい人生を歩んできた』とか、『こういう窮地を乗り越えてきた』とか、『こういうことがあったけれども耐えに耐えて、こういう改善をしてきた』とか、いろいろ人生経験を聞くと、自分の置かれている状況っていうのが、そんなに大したことではないと、乗り越えられない問題ではないという励ましをいただいて、自分に勇気が持てたことが大きいと思っています」

それまで、雅広は他人のみならず家族とも深く関わらない生活をしてきたように思う。今回、生きるか死ぬかという場面だからこそ変われたのかもしれない。

「年配といったら社内に結構50を超えた年配多いでしょ。50超えた人からの意見だとあまり耳を貸せなかったけども、60超えた人の意見だと耳を貸せる。まぁ結果的に今は50の人の意見にも耳を貸せる状態になっているとは思うんですけど、何が違ったんでしょうかね？」

財津は、ちょっと嫌みっぽく、突っ込んできた。

「会社の勤務中に人生問題について話しかけると、相手の時間を奪っちゃうことになるんですよね。自分の業務時間も使ってしまうっていうことで、これは業務以外のことをやっているんじゃないかっていう感覚になって、優先順位が業務の方になってしまうんですよね。だから、社内の人たちとはそういう交流ができていませんでした。でも、ユニオンの方とだと、なんていうんですかね、話しやすいんですよね。むしろ話す時間が設けられているので、その時間自分の思いを目いっぱい告げて、『こういうことがありました、どうしたらいいでしょうか』って言って、アドバイスをたっぷり聞く時間があったので、それで外部の人の方が交流しやすかったんだと思います」

財津は片方の口角を上げて苦く笑いながら聞いていた。

「うむ、まぁ分かりました。次に体調管理の話なんですけどね。『寒くなって鍋料理が増えてます』って、自分で3食作ってるんですか?」

「はい、自炊しています」

「よく頑張ってるね」

「僕、大学時代も大学寮に住んでいてそこで一人でずっとご飯を作ってきたので、大学時代とほぼ変わらないような食生活をしていますね。自炊といってもそんな凝ったもの作るんじゃなくて、ラーメン作って買ってきた野菜を入れるとか、そういう簡単な料理ですので、そんな手間のかかる料理はしていないです」

「分かりました。最近釣りはしていないんですか?」

「釣りは結構行っています。他の人の釣れた魚を見せてもらいつつ、自分も釣る感じです。写真見ますか」

「写真持ってるの」

雅広は、スマホに自分が釣った魚の写真を映して、財津に見せた。財津は「へえ、すごいね」と言いながらのぞき込んでいた。釣りの話をしているわずかな間、雅広は、ユニオンと会社とのピリピリした労使関係でなく、普通の会社員同士の和やかな会話になっている気がした。

ユニオンの対策会議の中で、病気は治っているから職場に戻せと交渉しているのに傷病手当をもらうのはおかしい、傷病手当をもらうということは、こちらから病気だと認めていることになってしまうという意見が出た。雅広も、その方がすっきりしていいと思っていた。それでユニオンに加入してほどなく、傷病手当の申請はやめた。収入がなくなり、わずかばかりの貯金は、どんどん減った。

「もうすぐ貯金がなくなります」と、雅広が苦境を告白すると、毛利が言った。

「よし、カンパを集めよう。植草さんの闘いを支えるためにカンパを訴えよう」

皆、同意の意思を込めてうなずき、「植草さん闘争募金」を呼びかけることが決定した。目標額は、半年分の生活費を勘案して１００万円以上となった。また、雅広を含めＪＥＣ関連の闘いを支援する集会を2月24日に開催することを決定した。雅広は、いよいよ背水の陣になったと覚悟を固めた。

12月中旬、ユニオンから「事務連絡に対する回答及び要求書」を送付して、２０１５年12月18日の雅広に対する職場からの強制排除が、財津の主導で行われたものであることを告発し、会社に対して回答を要求した。

12月18日、雅広は、財津との面談のために湘南テクニカルセンターに行った。門を入るときに、あれからちょうど2年かと思った。あの宙づりにされて放り出された忌まわしく屈辱的な事件は、毎年この日になると思い出すのだろう。雅広は、足が止まりそうになったが、歯を食いしばって足を運んだ。財津と多田との面談では、復職フローチャートは第3ステップに入っていることを確認でき、今後は前へ進めることになった。

だが、2018年1月中旬、雅広が3回目の面談日程を財津にメールで問い合わせたところ、

「植草様　誤解しないでほしいのですが、会社は病院ではないので、定期的に面談することはありません。復職に値する活動を見せてくれれば対応します。財津」

というメールの返事が届いた。いつものことだが、財津との関係では、順調そうに思っていると、いきなり卓袱台《ちゃぶだい》返しを食らう。心の耐久テストをされているような気がする。だが、最近は雅広も財津のやり方がわかってきたので、それほど動揺することはない。

1月下旬、毛利から言われて雅広は参議院議員会館会議室で日本共産党の小池晃参議院議員に設定してもらった厚労省レクチャーに参加した。参議院議員会館は、国会の隣にあった。見上げるような大きなビルが、国家の威厳を示すように立っていた。確か、小学生の時に、国会見学に来た記憶があるが、まさか自分が参議院議員会館に来ることになるとは夢にも思っていなかった。

レクチャーには、雅広の他に会社との問題を抱える労働者2人、斉田中央執行委員長ら役員5人、小池議員秘書が参加し、厚生労働省の担当者2人が対応した。スーツを着て、眼鏡をかけ、見るからにエリート然とした30代の男たちだった。この人たちに、現場で働く労働者の気持ちが

わかるのだろうかと雅広は思った。

雅広は、上司のパワハラ、セクハラを受け精神疾患にさせられた。職場から4人がかりで両手両足を拘束され、うつぶせの宙づり状態で職場から排除された。あの拉致事件は忘れることができないと訴えた。ユニオンは「労働局の相談受け付けの担当者が労働組合を敵視する発言を行っている。労働者が半年間も無収入状態にある。救済する制度を教示してもらいたい」などと要請した。厚生労働省側は、K労働局やO労基署の受け付け拒否の問題については、「労働基準法違反の疑いがあれば調査を行う。相談者への対応は、丁寧に行うよう指導する」と答えた。

レクチャーを終えて、雅広は参議院議員会館を後にして、国会議事堂を横目に見ながら駅へ向かった。ここは日本の中枢だ。ここで法律をつくって、日本の国を動かしている。今日、レクチャーに出てきた官僚たちが法律の案を作っているのだ。その彼らに、自分たちの生の声をぶつけることができたのは、よかった。一介の労働者でも厚生労働省の役人に向かって要求することができるのだ。民主主義とはこういうことなのだ。でも、彼らにとっては、当たり障りのない官僚答弁の練習になったぐらいのことなのだろう。しかし、そう思って全て諦めていたら、何も進まない。それは、向こうのやつらの思うつぼなのだ。とにかく、やれる手段は全て使って、1センチでも1ミリでも前へ動かさなければならない。

雅広は、国会議事堂をふりかえった。巨大なトンガリ帽子が午後の光を浴びて、周囲を威圧するようにそびえていた。

3000人リストラとの闘い

JECディスプレイソリューションズの親会社であるJECは、通信機器、コンピューター、及びITサービスを主事業とする大手電機メーカーである。JECは、1980年代には国民機と呼ばれたパソコン事業を展開し、半導体生産でも世界のトップになるなど輝かしい歴史を誇っていたが、2000年以降は業績の低迷に苦しんでいた。

JECは、2018年1月末の記者会見で、20年度（21年3月期）までの中期経営計画を発表したが、めぼしい成長戦略は見当たらず、目立ったのは、国内で3000人の人員削減や国内9工場の統廃合のコスト削減施策だった。労働組合への根回しもないマスコミを介したリストラ宣言だった。

リストラの理由としてあげられたのは、持続可能な企業として存続していくためには、営業利益率5％が絶対条件であるということで、そのために収益構造改革、つまり人件費削減を行い、600億円のコスト削減を行うというものだ。

そのため、国内の間接部門、ハードウェア事業領域を対象として、3000人の削減を行い、国内9工場の再編を行い生産体制の効率化を行うことをリストラの骨子としていた。

ちなみに、JECの2017年3月期の決算では、売上高は2兆8444億円、本業での儲けを表す営業利益は、639億円（営業利益率2・2％）を上げ、前年比では売上高で1794億円、営業利益で220億円の増収増益である。黒字業績のもとで、さらなる業績アップをリストラに頼るのは、絶対にやってはならない悪魔の施策である。

JECの大規模なリストラ宣言が、雅広の職場復帰に影響を与えることは予想されたが、しばらくは、台風到来前の不気味な静けさの下、雅広たちは影響の大きさを測りかねていた。

第3回団体交渉は、2018年2月初旬、品川駅近くの貸し会議室で開かれた。会社側の出席者は、財津と他1人。ユニオン側は、今回から斉田中央執行委員長が加わり、他は同じメンバーだった。

団体交渉でのユニオンの要求事項は、次の3項目であった。
①植草雅広の早期の復職について
②セクハラおよびパワハラを行った関係者の処分
③第1回事務折衝以降の貴社の対応について
団体交渉の後、参加者を含め対策会議のメンバーがユニオン事務所に集まって感想や今後の方針を話し合った。

「今日の交渉での発言を聞いても、財津さんは団体交渉の内容を、社長に説明していないいんじゃないの」

小宮は、憤慨した口調で言った。

「結局、自分の作業が遅れているからと言い訳したけどね。ユニオンの要求書を2カ月も放りっぱなしにしていたことを、しゃあしゃあと認めて平気な顔しているんだものな」

「でも、斉田委員長から、社長が知らないであなたが勝手に話をされても困ると言われて、立ち往生していたね」

渡里の指摘に、小宮も溜飲を下げていた。

「でも、本当に厚生労働省のレクチャーで自分の会社のことが問題になっているのを知らなかったんですかね。財津さんは『赤旗』を読んでいないんですかね」

小宮があきれ顔で言った。先日、電機労働者ユニオンは、日本共産党の小池晃参議院議員に調整してもらい厚生労働省へのレクチャーを行った。その中で、2015年12月18日に、雅広が本人の意志に反して職場から暴力的に排除された事案について、厚生労働省の見解をただした。厚生労働省からは、監督官2人が出席していたが、JECの職場でそのようなことが行われているとは信じられないと驚いていた。そのレクチャーについて、「しんぶん赤旗」が記事として報道していたのだが、財津は知らないと答えていた。

「本当に知らないのか、とぼけているだけなのかわからないけど、国会、厚生労働省と聞いて、明らかに動揺していたね。頬がピクピク動いていた」

冷静な観察眼を披露したのは、末野だった。斉田委員長の追及は、本当に迫力があった。JECの職場で無法極まりないことが行われている。本庁の監督官もびっくりするようなことが、まさに行われている。あなたが裏から指示していたとも書いてある。社長が知れば、これはちゃんと処理しないとまずいとなるのが普通だ。あなた、本当に社長に報告しているんですかと斉田に厳しく追及されて、財津はまったく反論できなかった。雅広は財津の立ち往生している姿を見て、うっぷんが晴れるような気分だった。

最後に、ユニオンは、セクハラを行った田辺部長を就業規則通りに処罰するよう要求した。

電機労働者ユニオン東京支部、同神奈川支部、JEC労協は、2月下旬に「JECの身勝手な3000人黒字リストラを許さない！　JECとたたかう仲間を励ますつどい」を区民集会所で開催した。会場には、JECで労働運動をやっていたOBや電機協の仲間、支援者数十人が集まった。

最初に、JECの経営実態を末野が、最近はSGA（販売費及び一般管理費）の削減、営業利益率5％を目標にして黒字リストラを行っているなどと報告した。

次に、JEC、JEC通信システム、JECネクサソリューションズ、JECディスプレイソリューションズ、JECソリューションイノベータと団体交渉、事務折衝を続けて闘っている雅広たち組合員が、闘いを報告した。

汐見は、メンタル不調で休んだところ、人事のシニアマネジャーから退職強要を何度も受け、主任から新入社員並みの給料に下げられた。毎日、電話番などの雑用をやらされている。あのパワハラを行ったシニアマネジャーは絶対許さないと発言した。

上村は、この会議のために大阪から上京してきた。某防衛関係システムの仕事をしていたが、毎日睡眠も取れないような過密労働を強いられ、体を壊して2年間休職した。休職でスキルが遅れたので、追い出し部屋に入れられた。ユニオンのおかげで雇用は確保されたが、いやがらせやパワハラは続いている。初任給が20万だったが、52歳の今、25万円で親を介護しながら市営住宅で暮らしており、完全なワーキングプアだと訴えた。

膝が悪いために、筋肉質な体を左右に揺らしながら登壇した白河は、アメリカンフットボールの選手枠で入社した。膝の怪我《けが》で引退すると、子会社の購買事務の仕事になった。その仕事が少なくなると、物流の協力会社に出向させられ、倉庫で梱包《こんぽう》の仕事をさせられている。ほこりがひどく環境が悪い。改善を求めたら上司から暴言を浴びせられた。ユニオンが交渉してくれ、暴言はなくなった。最近、同僚をユニオンに迎え入れた。これからも仲間を増やしていきたいと発言した。

雅広は、会社に苦しめられ闘っているのは自分だけではないと勇気をもらって、壇上から「セクハラした部長を処分させ、会社の不当な扱いを撤回させて、必ず復職します」と強い決意を述べた。

当初、労働組合への根回しもないマスコミを介した3000人リストラ宣言に反発を示していたJEC労働組合だったが、会社が社内での人材公募や職種転換教育の施策を追加して示すと、一転して社内でのリソースの再配置を含む人材活用施策として理解を示し、中央委員会で容認してしまった。

会社提案に対する中央委員会の見解は、人材活用施策が、組合員やその家族の生活に多大な影響を与えるものだとしながらも、JECを成長軌道に戻すため将来をより見据えた施策であると評価した。

これを受けて、会社は、「特別転進支援施策（希望退職の募集）を含む人材活用施策をＪＥＣ労働組合に提案し、６月28日に施策実施について労使合意に至りました」と発表した。

今回の３０００人リストラのスケジュールは、前回の１万人リストラとまったく同じであった。７月から10月に個人面談を実施し、10月29日から11月９日に特別転進支援施策という名の希望退職の受け付けを開始して、12月28日が退職日となった。特別転進支援施策を取得した人には、退職金に加えて、加算金が支給される。45歳から50歳までは、月収の34カ月分、51歳から57歳には、年齢に応じて月収の32カ月分から15カ月分が支給される。

今回の特別転進対象者は、間接部門、ハードウェア事業領域の勤続が５年以上で45歳以上の者と設定されていた。人数にして、２万人が対象になり、会社は対象者全員と個人面談を行うとした。

６月28日の労使合意を受けて、７月２日から個人面談が始まった。今回の対象者は、当然６年前のリストラを経験している。前回をなぞるように同じ季節に進む個人面談は前回の記憶を呼び覚まし、退職を強要された面談の恐怖をフラッシュバックさせるものだ。特に、標的にされた病休者、病休経験者、介護を行っている人たちから悲痛な叫びがユニオンに届いた。毛利は書記長として植草対策に加え、リストラ労働相談、リストラ反対宣伝の組織と大車輪の活動になった。

ユニオンは、相談者が来るたび、リストラ相談会を開いて面談に苦しめられている人の相談にのった。

Ｂさんという男性の仕事は、ソフトの営業支援のエンジニアだが、ＪＥＣの職種ではスタッフに分類されている。彼は、1万人リストラ後、うつ病で1年数カ月間休職したことがあった。

個人面談が始まると、部長は、一方的に特別転進を取るように迫ってきた。

「あなたは休職もしているし、特別転進しかないです」

「私は、やめません」

Bさんは、必死に言い返した。

「うちのグループにあなたの仕事はないので、JECグループ外に行ってもらうことになります」

部長が、テーブルの向こう側から封筒を滑らせてきた。開けると、特別転進支援策を受け入れた場合の退職金の計算書が入っていた。

「子どもの大学の教育費は、1000万くらい掛かるだろうけど、加算金で賄えるよ。2回目の面談をやるから、どうするか決めておいてください」

部長は、具体的な2回目の面談日程は示さず席を立っていった。席に帰って隣の同僚に聞いたら、彼は2回目の面談日が決まっていた。

Cさんは、うつ病で2年数カ月休職していたが、体調が回復してきたので、職場復帰プログラムを実行していた。面談があるというので、職場復帰のための面談だと思って出社した。

「復職しても、どうせすぐ、どこかに飛ぶことになる」

「やってもらう仕事が見つからない」

翌週復帰面談を行い、復職の過程で再度特別転進支援について説明をすると言われた。

Cさんは、平静を装ったが、気分が悪くなったので早々に帰宅し薬を飲んで寝るしかなかった。

アンケートに回答してくれたDさんは、親の介護のために残業できずに定時で帰宅している。7月に2回面談があり、「JECに残りたい」と回答したが、上司から強く退職を迫られた。「今回の制度で退職すれば、退職金が出るが、今後は、さらに業績が悪化して退職金が出ないかもしれない」

辞めるなら今のうちだと言いたいようだ。「今、JECに残ってもあなたの仕事はない。退職か転職以外の選択肢は考えないでください。キャリア相談室に必ず行きなさい」

「JECの現在の状況をどう受け止めているのか?」

Dさんは親を介護しながら定時まで働いている。会社は残業ができない人を追い出したいのだと感じた。夏休み後に3回目以降の面談が設定されていて、このままでは強引に「会社を辞めます」と言わされそうで毎日がとてもつらいとアンケートに書いていた。

毛利は、病休者、病休経験者、介護を行っている人を標的に攻撃している会社の意図を感じた。一番保護されなければならない人たちへの情け容赦のない仕打ちに怒りがこみ上げてきた。

電機労働者ユニオンと電機労働者協議会は、ユニオンのJEC分会とJEC労協を中心として、今回の3000人リストラに反対する活動を展開した。JEC労協は、2月に職場新聞「電機の仲間・JEC」を東京、神奈川の9事業場の門前で配布して、「JECは3000人リストラを撤回せよ」と訴えた。

また、6月下旬に開催された株主総会の会場前で、総会に参加する株主に、「電機の仲間・JEC」を配布し、「今回は、増収増益でのリストラである。リストラで経営は立て直せない。もの作りを手放した企業は衰退する。将来を見通した経営を」と訴えた。株主総会には、電機協のメンバーが、株主として参加した。今回のリストラについて事前質問を提出していたが、常務は、サービス型ビジネスへの変革にむけ、継続的投資ができる、より強い体質に生まれ変わるため人件費を含む収益構造改革を実施することは会社の将来に不可欠であり、JECを再び成長軌道に戻すことで経営の責任を果たすと回答した。また、会場からの質問で、運良く指名された斉田が雅広の事件について質問した。

「JECDSで、24歳の青年が部長の指示で3階の事務所から1階の正面玄関まで、4人の職場の人に宙づりにされて拉致された。人権侵害だとユニオンに駆け込んできたことから法務局に調査を依頼している。監査役やDSの社長に聞いてほしい」

回答に立った常務は、「グループ各社のことは個別に対応させてもらいます」と述べるにとどまった。

電機労働者ユニオンと電機労働者協議会は、働く人々の声を集めて共有することを重視して、アンケート活動に取り組んだ。7月に発行した「電機の仲間・JEC」で、「会社との面談では、『私はやめません』と自分の意志をはっきり言いましょう」と労働者を励まし、受取人払い封筒付きのアンケート用紙を累計約1万4000枚配布した。7月から10月にかけ、5回行った事業場門前での宣伝行動には、日本共産党の畑野君枝衆議院議員も応援に駆けつけて「ＪＥＣのリストラは身勝手な黒字リストラそのもので、とうてい許せません。力をあわせてリストラをはね返していきましょう」とハンドマイクで訴えた。

会社の姿勢が一変

第４回団体交渉は、２０１８年４月下旬、前回と同じ品川駅近くの貸し会議室で開かれた。会社側の出席者は、財津と伊藤という女性マネジャーの２人で、伊藤は広報担当と紹介があった。ユニオン側は、斉田中央執行委員長以下前回と同じメンバーで、今回は雅広の母も加わって臨んだ。

今回も斉田委員長が出席してくれているので、雅広は大船に乗った気分で席に着いていたが、途中から会社側が今までの方針を転換してきていることを感じさせられた。それは、第２回団交で認めたセクハラに対する態度に表れていた。

「ユニオンさんとしては書面にあったとおり財津が認めたというふうにおっしゃっていたと思いますけども、こちらとしてはその事実は認めているつもりはございません」

第２回団交での自らの発言を翻す発言に、斉田が目の色を変えた。

「ということはあなた、前の団体交渉で発言したことを撤回するということなの？」

「仮に事実であれば申し訳ないと思っているというのは事実です」

「でも事実なんだよ」

「ですから仮にそういう事実があったとすれば謝罪しますと」

雅広は、悔しい思いでいっぱいだった。あの頃は、まだ録音を取っていなかった。録音を取っていれば、動かぬ証拠になるのにと思った。突然、斉田から「本人に聞いてみよう」と話を振られて戸惑いながらも、雅広は入社した年の忘年会の記憶をたどった。

飲み会に出席したのはだいたい10人くらいだった。場所はK駅西口の中華料理屋で、座敷の部屋だった。田辺に指名されて、田辺と並んでみんなの前に立たされた。池永マネジャー、女性の島津主任もいた。瀬戸主任もいた。そのメンバーの前で、後ろを向いて、お尻を突き出し、大きさ比べというのをさせられた。ズボンをはいていたが、視線が矢尻のように背中やお尻に突き刺さってくるように感じた。もちろん中には笑ってはやし立てる人もいた。黙って見ていて「これはまずいな」と思った人も、中にはいたかもしれないけれど、注意する人は誰ひとりいなかった。

斉田は、出席していた女性のマネジャーの伊藤に向かって言った。

「本人がセクハラを受けたと発言している。こういうことが行われたのであれば、会社としてはセクハラと認知するということでよろしいですね。女性の方が、こういうのにはシビアだから、聞かせてください。しかも、あなたは広報部のマネジャーだ。外に発信する人でしょう」

斉田の追及に、会議室の空気が張り詰めて、紙をめくる音もしなかった。

「私は、本件については、答える立場にありません」

伊藤は、平然と言った。

「答える立場にないではないでしょ。あなたは、出席者として名簿に登録されているんですよ」

斉田が早口で迫ったが、

「私は、書記としておりますので、答える立場にはありません」

伊藤は能面のような表情を崩さずに言った。これには、ユニオンのメンバーたちは驚きと憤りの声をあげた。雅広も広報担当のマネジャーが、そんな言い訳で逃げるのかとがっかりした。

次に斉田は、12月18日に雅広が拉致された時の状況について話を進めた。斉田は、「拉致」という言葉を使うのはとても抵抗を感じると、時折言葉を区切り、慎重に話を続けた。それは、日本人にとって当然、北朝鮮が日本人を拉致したまま未解決になっている事件を想起させるからだ。だから雅広も、当初、自分が拉致されたということに、違和感を覚えた。しかし、広辞苑によれば、拉致の意味は、無理に連れていくことだから、２０１５年12月18日に、自分がどのような形で車に持っていかれたか思い出せば拉致と言って間違いではないと思った。

斉田は、雅広が職場から強制的に連れ出された状況を丸と線で描いた絵を掲げた。もちろん、雅広が説明した内容に基づいたものだ。

「後ろに、田辺部長がいます。植草さんが４人に、宙づりにされて、玄関で待っている両親の車に頭から放り込まれたと言うのですよ。普通は、座って乗るじゃない、車っていうものは。頭から座席に放り込まれて、それで田辺部長が出るかもしれないからロックしてくださいと言って、連れ去ったということで、これは拉致事件だというのが、われわれの最初の認識です。その後、こういう図をわれわれは見せられた。植草さんがこういう状態でやられたと」

次に、斉田が掲げた絵は、強制的に連れ出された時の様子を、雅広が演じて、絵の得意な人に描いてもらったものだ。

「1人に首と右腕を抱えられ、首ね。で、1人に、左腕とベルト、腰のベルトね、つかまれて。1人に、右の足の膝と太ももも持たれて。1人に、左足の膝と太ももを抱かれて。人形のように、自分の部屋から、宙づりにされた状態で3階の事務所から、廊下に出て、エレベーターに乗せられて、そして1階の正面玄関まで連れ去られて、車に放り込まれた。こういう事態です。これは、約20人のJECディスプレイソリューションズの社員がいる部屋の中で行われたそうです。田辺部長がいる部屋です。もちろん植草さんもいる部屋です。その田辺部長が、すくっと立って『植草さんを玄関に連れてってください』と発声されて、田辺部長の指示の下、上司の池永課長、十津川課長、柳井主任、瀬戸主任、女性の島津主任。かれらによって、こういうふうに宙づりにされて、連れ去られたという事件なのですよ。こういうことをやってもいいということを、産業医が指示したというふうにしか考えられない。産業医が指示しなければ、指示するような人事部の人は誰もいないのですよ」

斉田の詳細な描写が、雅広の脳裏に、その日の出来事をフラッシュバックさせた。心拍が上がり、胸が苦しくなった。雅広は、歯を食いしばって、悪夢の再現に耐えた。

その日朝礼が終わって、雅広も朝礼で今日の仕事の内容について大まかに説明して、朝のうちは何事もなく業務が進んだ。しかし、10時の体操の音楽が流れた頃、蓮田さんから「健康管理室に来てください」というメールがあった。メールに従って健康管理室に行ったが、仕事があるのでと言って職場に帰ってきた後に、その悪夢は起こった。雅広は、当時の記憶をたどって付け加えることを述べた。

「宙づりになるまでは、僕、必死に机につかまっていました。そしたら……」

斉田が、「自分の机？」と聞いた。

「自分の机です。つかまっていました。そして、池永さん、島津さん、おそらく十津川さんも近くに来て『植草君、立て！ 親が来ているみたいだよ。自分で歩いて玄関に行こう』と、言ってきたのですよ。で、それに僕は必死に抵抗して机にしがみついていたのです」

雅広は、拉致された時の説明を続けた。

「けれども、両脇抱えられて、まず持ち上げられました。立ち上がらせられました。そしたらです、椅子がなくなっているのですよ」

すかさず、斉田が受け継いで、4人がかりで宙づりにされた場面を再現して、ノートに筆記している伊藤に、きちんと描写して産業医と社長に説明するように求めた。斉田の話の切れ目を見て、雅広は話を続けた。

「その後、廊下の方に、こう背中を押されて、歩かされて、財津さんは分かると思うのですけど、僕の席から左側に、ホワイトボードに名簿がありまして、そこにマグネットで『会議中』だとか「在席中」だとかホワイトボードありますよね。あそこのついたてに僕、しがみついたのですよ、がしっと。机がないものだから。壁にはりつくしかないと。そしたらですよ、腰を持ち上げられて、浮かされたと思ったら、今度は、足をつかまれるわけですよ。そのまま、宙づり状態。そこから、総務の廊下の方に、連れていかれて、そこにエレベーターがありますよね、生産技術のフロアから来て総務の方に行った先に。それから、エレベーターに乗せられて、1階に降ろされて、そこから、お客さまの玄関の方へ、もしかしたら、お客さん、誰か見ていたかもしれない。そこの玄関まで、職場から約200メートルぐらい宙づり状態で連れていかれました」

雅広の説明が終わっても、しばらく会議室はせき払いひとつなかった。斉田が沈黙を破って、財津に会社の調査状況を聞いた。財津も職員で見ていた者がいたので、状況は聞いていると答えたが、肝心の池永、十津川、瀬戸、島津からは話を聞いていないと答えた。なぜ、当事者に聞かないのか、当事者に聞かないで調査と言えるのかと雅広は不満だった。斉田は、こうして図解して厚労省と交渉をしていると言った。

「その記事は見ました、あの、『赤旗』に載っているやつ」

財津も、ようやく「しんぶん赤旗」を読むようになったようだ。斉田は、厚生労働省とのレクチャーの際、そこにいた厚労省の役人全員が拉致に驚き、共産党の高橋ちづ子衆議院議員が現認したのだから、きちんと対応するように求めたことを話した。その結果、K労働局およびO労働基準監督署、その他の関係機関に事実を明らかにして問題をきちんと解明するよう指示を出したとの連絡が、厚労省からユニオンにきたことも説明した。

雅広は、最近見たテレビニュースを思い出した。今度、トランプ大統領が史上初の米朝会談を行い、その中で拉致問題を取り上げると報じていた。長く解決できず国際問題になっている拉致問題。同じようなことが、日本の電機の職場で、名だたるＪＥＣの職場で起こっている。しかも、その当事者は自分なのだ。雅広は、自分が異次元のゲームの世界の主人公にでもなっているのではないかと、錯覚を覚えた。

斉田は追及の手を緩めない。

「先ほど、財津さんは、他の人も見ているというので、ほぼ同様のことがあったようだと確認しました。だから、これは事実です。この書面を出しても、全然おかしくない。今、ＪＥＣの職場で、こういうことが起こっていると明らかにするとはどういうことか分かりますか。会社の名代として出て来ているお二方。まず、聞きたい、広報担当の人に、こういう事実を示されたら、あなたは何と答えます？　答えてください」

斉田は、広報担当と紹介のあった伊藤に向き直って聞いた。伊藤は、筆記していたボールペンを止めて、表情を変えずに言った。

「今の段階では事実が分からないので、何ともコメントのしようがないです」

「そういうふうに答える？」

「はい」

「こういう図面を見せられても」

「はい」

その後も斉田に毛利も加わって、伊藤と激しい押し問答を続けたが、伊藤はひるむことなく、言い返していた。雅広は、そのショートカットの横顔を見ながら、広報というのは、広く社会の動きに目を配り、社会常識と良心をもって情報を発信する人だと思っていたが、当たり障りのない「あってはならないことだ」ぐらいのことも言えないのか。会社と自分の保身だけに汲々《きゅうきゅう》とする姿を見て失望を禁じ得なかった。

伊藤と押し問答しても時間の無駄と感じたのか、斉田は産業医の関与について話を進めた。ユニオンから産業医の出席を求めたのは、こういうことは産業医が指示しなければできないからだとの指摘に対し、財津も、産業医が今は植草さんの状態では働かせることはできないので、ご自宅に帰るようにしてくださいと指示があったことを認めた。

野中産業医は中立的な態度で、自分は何も関わっていないという顔をしているが、産業医の判断がなければ、あの拉致は行われなかったのだ。今度の面談では、絶対問いただしてやろうと雅広は思った。

斉田は、雅広の母・清美から、会社から電話がかかってきた経緯を聞き出したが、そこでは健康管理室の蓮田看護師の特異な性格と、越権行為が明らかになった。

話を振られた清美は、待ってましたと話しはじめた。

「そうですね。20歳過ぎた成人なのに、会社から電話がかかってくるなんて聞いたことありません。私4人きょうだいで、主人は8人きょうだいですけど、周りに聞いても会社からかかってきたなんて聞いたことありません。その前に会社で解決してください」

「電話は、40分から1時間半も続きました。蓮田さんの話し方は、すごくゆっくりで、同じことを何回も何回も話して、いやになりました。子どもの悪口じゃないですけれども、こういう状態ですということを話されて、それは会社であることだから会社で解決してくださいと言ったんです。なんで、親にかけてくるんだと。要点をまとめれば10分ですむ話をね、長ーく話しされたら、本当に、私、余計いやになってしまいました」

末野が、蓮田の上司に確認したところ、蓮田はＪＥＣＤＳが契約している産業看護師であることがわかった。雅広にとって驚きの事実だった。雅広は、蓮田看護師は、ＪＥＣの社員だから言われたら従わなければならないと思っていた。ずいぶんきついことを言われて泣かされもした。それが外部会社からの「産業看護師」だったとは。外部の看護師が自分の個人情報を握り、家族にも圧力をかけていたと知って、怒りではらわたが煮えくり返る思いがした。

財津は、蓮田は請負業者なので財津が直接指示をすることはできないと言ったが、蓮田が財津の暗黙の指示を受けた上でとった行動としか考えられず、会社の社員の健康管理へのなおざりな対応とお粗末な体制が浮き彫りになった。

「社員の健康管理を、請負会社に任せて責任を持たせているということは、ありえないですよ。彼女は、そういう情報を全部、見られるわけですよ。じゃ、ディスプレイソリューションズ側の人は誰なの、という話ですよ。まかせっぱなしじゃ、まずいわけですよ」

末野が、会社の姿勢を批判した。

「個人情報が全部、そっちの請負会社に持っていかれているということだよね」

斉田が厳しく指摘した。

「正しく言うと、まぁそう捉えられても仕方ないんですけども」

指摘された財津は、反論できずに認めた。

その時、会議室のドアがノックされ、貸し会議室会社のスタッフが、「そろそろお時間になります」と終了の催促に現れた。

時間がなくなったので、ユニオンは雅広が職場に復帰できるのを引き延ばしているのは会社の責任だとして、この期間の休業補償を要求した。財津が持ち帰って検討すると回答し、その日の団交は終了となった。

雅広は、埼玉の家に帰る清美と並んで駅まで歩いた。最近、あまり言葉を交わすことがなかったが、自然と感謝の言葉が出た。

「今日は、団体交渉に出てくれて、ありがとう」

「悪い人たちにだまされているんじゃないかと思って見に来たけど、ユニオンの人たちは悪い人たちじゃないみたいね。そこは安心したけど、あんなひどい会社なんだから、さっさと見切りをつけて、別の仕事を見つけなさい。わざわざ、あんなひどい会社に、またいじめられに戻ることないでしょ」

そう言うと清美は、「長いものには巻かれろ、よ」と自分の処世術を口にした。雅広は、「うん」と答えながら、自分の気持ちをどんな言葉で表せば、清美に伝わるのか考えたが、答えが出る前に、駅に着いてしまった。別の電車に乗る母の背中に手を振ったが、清美は気づかずに急ぎ足で去っていった。

団交の後に会社から、「団体交渉において拉致問題で名前の挙がった者への聞き取りを行ったが、いずれも記憶があいまいであり、現時点で事実確認はできていない。休み明けで範囲を広げて引き続き確認を行う」との回答があった。こういうことにするから、了解してくださいという財津と同僚たちの姿が浮かんできた。

4月下旬に、雅広は、渡里とO労基署を訪問し、セクハラ、拉致、休業補償について申告書を提出し、説明と論争を行った。労基署の担当官は、拉致については、労働安全衛生法第3条1項に該当するか、上席（上司）、上局（K労働局）に相談すると回答した。すぐに却下しないのは、厚生労働省とのレクチャーの効果だが、問題はどのような回答がくるかだと雅広は思った。

雅広と渡里は、その足でY地方法務局西湘二宮支局（人権擁護）へ相談に行き、拉致問題を人権侵害として取り上げてもらいたいと要請した。法務局側は、労働問題は、これまで法務局では取り扱っていないが、人権審判にかけられるか、上席と相談すると回答した。

事件をJECで働く労働者に知らせて支援を得るために、第1回門前宣伝行動を、5月下旬に行った。始業8時30分の1時間前に、JECディスプレイソリューションズ本社前に集まったユニオン、電機協メンバーは、「JECは3000人黒字リストラを撤回せよ。JECディスプレイソリューションズは、セクハラ、拉致を謝罪し、復職をただちに行え！」と書いた横断幕を掲げ、ビラを配布した。ビラの表面は、雅広の早期職場復帰を求める内容で、裏面はリストラ反対を訴え、面談に苦しむ労働者の声を載せていた。出勤してきた労働者は、赤、青ののぼりが立ち並ぶ中、横断幕の文字を横目で追いながら差し出されたビラを受け取って、歩きながら読んでいた。

湘南テクニカルセンターでは、門前で岡村がハンドマイクで訴えた。行動には、地元のＳ労連の支援者も加わってくれた。宣伝行動は、ＪＥＣの本社及び二つの主要事業所門前でも実施し、ＪＥＣＤＳ社長宅周辺にもビラ配布を行った。宣伝行動は以後、毎月実施することになった。

雅広は、会社からの休業手当の支給もなく、前年７月からは不正受給にあたるので傷病手当金の申請もやめ、無収入の厳しい生活を強いられていた。わずかにあった貯金で食いつないできたが、それも底をついた。ユニオンが雅広の闘いを支援する募金を呼びかけてくれ、約３００人から１００万円を超えるお金が寄せられた。雅広は、募金袋に書かれたメッセージを一つ一つ、じっくりと読んだ。「植草さんの闘いは重要です。ＪＥＣの労務政策を改善させていきましょう。生活苦で大変だと思いますが、勝利するまでがんばりましょう」「勇気をもって立ち上がったことに、こちらも勇気をもらいました。くじけずがんばろう」という励ましの言葉が、雅広の心を温めてくれた。

雅広は、支援してくれた人々に感謝の気持ちを伝えたいと思った。雅広は、自由な時間を利用して、他の労働問題での宣伝行動に参加しようと決心して、最高裁要請行動、争議支援総行動、他社の門前ビラ配布などに参加した。

６月に入って、雅広は財津と面談し、作成途中の復職プランを見せてもらった。完成させるには、診断書が必要と言われ、診断書の費用は会社負担にすると言われたので復職へのステップが着実に進んでいるんだなと安心した。雅広は、Ｙクリニックを受診して、「症状（適応障害）は軽快し、復職準備も向上しているため、現時点で復職が可能な状態であると判断する」との診断書をもらった。ちなみに、診断書の費用は会社が負担すると言いながら、払ってくれたことがない。切り詰めた生活をしている雅広にとっては、少なくない金額なので、約束を守ってくれない会社に怒りがたまっていった。

診断書を会社に送付したところ、産業医との面談を実施したいと提案があった。面談の目的は、主治医に診療情報提供書を発行するためということで、前回の団体交渉や先般の財津との面談でもなかった話だった。

6月下旬の産業医との面談に、雅広は質問メモを用意して臨んだ。

「診療情報提供書は、去年も提出していますよね。また必要な理由は何ですか」

雅広は、野中産業医を問いただしたが、野中は雅広の顔を見ようとせず、机の上の資料に目をやったまま答えた。

「前にもらった時から時間がたったから、最新の状況が知りたいだけです」

雅広は、団体交渉でも焦点になった点を確認した。

「私が職場から拉致されたのは、産業医が就業不可と判断を下したためと財津さんは言っていますが、本当ですか」

産業医は、目を閉じて思い出す仕草をしてから「そういう判断を伝えた記憶はない」と否定した。その顔でよく言うと、野中をにらみつけたが、野中は雅広を見ようとしない。雅広は質問を重ねた。

「私が拉致されたことを、いつ知ったんですか」

「いつかは定かではありませんが、拉致というのはビラで知りました」

「私の父が、あの日、『また同じように運ぼう』という発言を聞いています。同じような拉致事件が過去にあったのですか」

「そういうことは、聞いたことがない」

産業医は逃げてばかりで話にならなかった。

就労闘争

第5回団体交渉は、2018年7月下旬、田町駅近くの貸し会議室で開かれた。会社側の出席者は、財津と他1人。ユニオン側は、斉田中央執行委員長以下同じメンバーで臨んだ。

6月の産業医と雅広の面談での、野中産業医の就業不可判断はしていないとの発言を報告し、4月の第4回団体交渉での財津の「産業医が就業不可という判断を下しました」という発言について問いただした。財津は、前言を翻し、産業医の発言は「（植草さんが）働けない状態だった」旨に言い換えた。

「今までの団体交渉で、植草さんは戻してもいいよねというのは、社長も含めて合意しているというので、いいんだよね」という斉田の問いかけに、財津は、はっきりと「はい」と答えた。

斉田は、「手続き上、齟齬《そご》があるだけということだよね。だから、職場をいずれにせよ、用意してもらって、働いてもらうということでいいんだよね」と重ねて確認したのにも、財津は「はい」と答弁した。そこで、斉田が、「明日から植草さんが会社に行くから」と言ったら、財津は「はい」と答え、就労を了承した。

「ということで、植草さん、明日から、とにかく出勤するということで、やってください」

斉田から言われて、雅広は急展開に驚いた。前回の団体交渉ではユニオン側がよく攻めたが、会社側の守りが堅くなってきていると感じていたから、こんなに急に会社での就労が始まるとは思っていなかった。

7月20日、就労闘争1日目の朝がきた。2週間前から、S労連や地元の支援者の人たちに協力してもらって、月水金曜日に門前スタンディングをしている。横断幕をかかげて、出社してくる人に、「おはようございます」と挨拶をすると、2割ぐらいの人は挨拶を返すなり、頭を下げるなどの反応があるが、残りの人は、ちらっと顔を見て通過するか、顔も合わさずに通り過ぎていく。ちょうど同期の原が出勤してきた。原は、視線を合わさず硬い表情を崩さず通り過ぎた。同期とはいえ、団体交渉にも会社側で出席した原と雅広の間には深い溝ができていた。原との思いにとらわれていた雅広は、近づいてきた足音に顔を向けた。職場で向かいの席だった柳井だった。柳井も初めて気づいたようで日焼けした顔をゆがめた。親切だった柳井に片足を抱えられて運ばれた屈辱感が、脳裏によみがえって、硬くなりそうな表情を無理やり緩めて挨拶した。

8時30分が迫ったので、スタンディングを手伝ってくれていた人に、「行ってきます」と手を振って門の中に入っていく。おっかなびっくりで入っていったら、警備員も挨拶を返してくれ、通ることができた。あれっ、これって、本当に復職できたのかもと期待が膨らむ。

ビルの3階にあるタイムカード装置にIDカードを通すと、はじかれると思ったら、「おはようございます」と音声が返ってきて、出勤時刻と社員番号がディスプレイに表示された。

最初、財津の席に行って挨拶し、玄関横の打ち合わせ机に移動して、15分ほど面談した。面談の後で、財津に「この後どこに行けばいいでしょうか?」と聞いたら「復職を認めていない人を職場に入れるわけにはいきません」と言われた。

団交での話と違うと思って、「じゃあどうすればいいですか?」と聞いたら、「自分で決めてください。休職中の人が何をすべきか。われわれは休職中の方にお願いしているのは自宅で療養することです」と言われたので、帰宅することにした。

その前に私物を回収しに自分の席に行った。机の上には卓上カレンダーが、そのままの状態で残っていて、年月は2015年12月になっていた。拉致された時の状況が脳裏に浮かび気分が悪くなった。次の月をめくると2016年1月の棄権したテニスの試合日が花丸でマークされていた。まるで、タイムスリップしたかのような不思議な感覚だった。

貴重な機会だと思い、嫌な気分になるが、現実を直視しなければならないと自分に言い聞かせ、拉致された当時のルートを確認することにした。3階の自席から廊下を歩きエレベーターで1階に降りて、正面玄関に向かった。正面玄関には守衛が1人立っていた。同じ人とは限らないが、あの時の守衛はどんな気持ちで拉致現場を見ていたのだろうかと思った。

2日目は、社内の労組事務所に行って、労組委員長に会うことができた。労組委員長に復職遅延問題、無給問題を話した。労組委員長は「この三つの情報（主治医は復職可、産業医は条件付き復職可、会社は職場が無い）を聞くとどういうことになっているのか、確かによくわからない。そしたら1回この情報をもとに確認をする」と言ってくれた。結果は文書回答か、もしくは面談で伝えてくれるとのことだった。

玄関横の打ち合わせ机で自習していると、何人かの社員が陰から様子を見にきた。雅広が気づいて顔を上げるとさっと逃げていった。在籍中も仲が良かった人たちだったので、心配して見にきてくれたのだと思ったが、なんと声をかけていいかわからなかった。正午のチャイムが鳴った後、退勤のタイムカードを通した。「お疲れさまでした」と表示され認識された。

昼休みを利用して会社敷地にあるテニスコートで2人のテニス仲間と1対2のラリーをやった。在籍中は、2人相手のラリーをしても余裕だったのに、2年半のブランクは大きく、相手のボールを追いかけるだけで精いっぱいだった。1人側を代わってあげようかと言われたが、テニスの実力では負けたくないと意地で続けた。

管理職の人に3000人リストラの話を聞くと「面談は始まってる」「話題になっている」「45歳以上ね」と言っていた。

主任の人は「うちの組合は力がないからねぇ、私も昔組合やってたけど」と言っていた。彼らも雅広にどう接したらいいか分からないのか少しギクシャクしていたが心配してくれた。

テニスが楽しみだったが、就労闘争12日目くらいに、主任の人から、「9月上旬まで昼テニスはお休みね」と言われた。出張などで会社に居ないのか、それとも会社の介入なのか分からないが、次の日からメンバーはコートに来なくなった。

就労闘争の間、朝食は、前日売店で買ったおにぎりを食べた。昼食は、IDカードが使えたので、食堂で食べた。食堂の列に並んでいると、みんなからじろじろ見られた気がした。取締役もいたので気まずかったが、何も言われなかった。

夕食は、午後5時半頃に、会社に行って食堂で食べた。いったん退勤しているので心配したが、ゲートでIDカードをタッチしてもエラーにならず通ることができた。夜の食堂は昼と違って静かだ。雅広は定食を2人前注文すると厨房《ちゆうぼう》でも知られていたので、食堂のおばちゃんが声をかけてきた。

「最近来ていなかったみたいだけどひさしぶりだねえ、定食2人前だね」

「あ、はい。ありがとうございます」

雅広は、この異常な就労闘争状態を、どう説明したらわかってもらえるかわからなかった。食堂のおばちゃんに、当たり障りのない返事しかできなかったが、そんな複雑な気持ちも定食を前にするとすっかり忘れ、久しぶりのまともな食事に夢中になって箸を動かした。

就労闘争が経過するにつれ、財津の言葉がひどくなってきた。団体交渉の時には、しおらしくしていたのに、1対1になると急に強く出て、今まで積み上げた交渉結果を無視してくる。

「来るなって言ってるでしょ。就労闘争という言葉はあなたからのメールで初めて知りました」

財津には、あきれてものも言えなくなってしまいそうだが、ここで負けてはと、雅広は団交のメモを読みあげて追及した。「結局、あなたは会社からの言うことは聞かない状態になってる」

と雅広の抗議に耳を貸そうとしない。雅広はくじけずに、団交メモの「斉田…職場をいずれにせよ用意してもらって働いてもらうってことでいいんだよね?」「財津…はい」という部分を読み上げた。

「それは治ったらのことね。治ったの?」

財津は、薄ら笑いを浮かべている。

「治ってるじゃないですか」

雅広は、語気を強めた。

「どこが? 会社の言うことを理解できない人が?」

雅広は問題発言だと腹が立ったが、冷静に反論しなければと自分に言い聞かせた。

「団体交渉で社長と僕は合意が取れているんですよ」

「それで? 何?」

財津は開き直る。

「財津さんの一存でひっくり返すのはできないですよ」

雅広は、できるだけ穏やかに言った。

「冗談じゃねえよ」

一流企業の管理者とは思えない乱暴な口調だ。

「そのための団体交渉ですよね。違うんですか?」

雅広は、諭すように言った。

「違う。何しに来たの?」

また、会話を振り出しに戻してしまう。

「就労闘争で」

「じゃあ勝手に闘争すれば? 俺は3階(事務所)に勝手に入るなって言った。闘争したければ勝手に、なんでもやればいいが、誰が3階に来いって言ったの?」

管理者に言われると、雅広は返す言葉をなくしてしまった。

「何回同じこと言わせるんだよ」

財津は、かさにかかってくる。

「で、あと斉田委員長の発言で」

雅広は、反論の糸口を見つけようと焦った。

「今の俺の発言に対して何かないの?」

財津は自分の有効打にこだわっている。

「それは社長が言ってるんですか? 3階に入ってはいけないって」

雅広は、財津の弱みは、社長だろうと踏んで鎌をかけた。

「俺が言ってるのは社長が言ってるのと同じだよ」

のけぞるような発言が飛び出した。

「財津さんが社長と同じっていうのがちょっと分からない」

もっと失言が飛び出すかと呼び水をまいた。

「俺が会社の代表だよ。社長と同じだよ」

残念、当たり障りのない返事だ。

「今日、何をすれば」

そろそろ、不毛な会話を終わりにしようと雅広は話題を転じた。

「池永（元の上司）のところに行って、仕事をもらったら」

財津も時間を無駄にしていることを悟ったようだ。財津の席を後にしたところで、雅広は、脇下にじっとりにじむ汗と疲労を感じた。翌日、財津からメールが来た。

「相変わらず出社を継続しているようですが、会社からの『出社してはならない』という指示を理解できないということは、業務遂行の場面においても、業務指示を理解できないものとみなさざるを得ません。就労闘争という言葉は、植草様からのメールで初めて聞きましたので、団体交渉で認めた事実も当然ないことを付け加えておきます。財津」

メールの頭には「警告」の文字が付いていた。就労闘争は初めて聞いたと言いはじめて、雅広は、もう何が何だかわからなくなった。

財津からの度重なるパワハラと紙一重の問題発言に苦しめられながら、雅広は、就労闘争を第6回団体交渉のあった9月21日まで36日間継続した。就労闘争を中止することに決めたのは、財津から、ビラまきなどの抗議活動や就労闘争をやめたら、社長が面会すると言っているとメールがあったからだった。

本社の意向

ＪＥＣＤＳ本社にある執務室で沢登は、財津と向き合っていた。

「植草雅広氏の件だけど、ユニオンとの交渉はどうなっているのかね」

「はい、本部長にもご報告しようと思っていたところですが、近々、社長とユニオン委員長のトップ会談をした上で、社長の判断で復職を認めようということで、進んでおりますが、何かあったのでしょうか」

財津は、上目遣いで沢登を見上げた。

「うむ、今、ＪＥＣがどういう状況か、わかっているだろうね」

沢登は、顔をゆがめながら重々しい声色で言った。

「はい」

財津は、状況に変化があったことを察知したようだが、注意深く沢登の言葉を待っていた。

「今、ＪＥＣグループをあげて、構造改革の真っ最中だ。営業利益率５％をキープできる体質にするため、ＳＧＡを圧縮してハードからサービス中心の事業に変換、40歳以上の従業員には個人面談を行って、キャリアの転進を促している。能力も実績もある人に、泣く泣く、長年働いている職場を諦めてもらっている時に、コミュニケーションに問題のある実績のない人を会社に戻すということが、構造改革を推し進めている人、また涙をのんで受け入れる人に、納得してもらえることだろうか。われわれもＪＥＣグループの一員だ。情勢には敏感でなければならない」

沢登が言い終わるのを、財津はうなずきながら待っていた。

「それは、ＪＥＣ本社の意向ですね」

財津の問いかけに、沢登は黙ってうなずいて答えた。

「やはり、そうなりますよね。どこから話があがったのかと思いますが、まあ、あれだけ派手に門前で宣伝しているんですからね。誰でも知っていますよね。私も、今は時期が悪いんじゃないでしょうかと社長に申し上げたんですが」

「法律事務所の力も借りて、抜かりなく進めてください」

「はい。発達障害の疑いが残るため、職場での配慮が必要になるので、そこまで対応できない。就業規則にのっとって、復職を認めず、今月末で自然退職にするように進めます」

財津は席を立つと、一礼して部屋を出て行った。

解雇通告

雅広は、就労闘争最終日の午前中に行った産業医との面談の冒頭、今回の面談の趣旨を確認したが、産業医の意思で面談を設けたわけではなく、会社から言われて実施するという回答だった。財津は復職のプロセスの一環として産業医面談を設けたと言っていたが、産業医にそういう認識はなかったようだ。

雅広がYメンタルクリニックの話をすると、産業医は「Yクリニックから診療情報提供書が来たが、配慮事項はあまり書いてない。総合的に判断して、会社に助言する配慮事項はAクリニックとする。このまま配慮なしで戻したらまた同じ状態になりますよ」と、またAクリニック論争になってしまった。

雅広が「ビラやニュースで大きな問題になりますよ」と言ったら、産業医は「ビラやニュースに載せてもいっこうに構わない。ただし正確に書いてね。不正確なことを書くのはまずいね。私は悪いことはしていない」と強気の態度を崩さない。雅広は「過去の診断書などは財津さんの言う3カ月ルールで無効になっているはずなので、今回入手したYクリニックの配慮事項にしてください」と要求したが、産業医の反応はあいまいだった。

第6回団体交渉は、田町駅近くの貸し会議室で開かれた。会社側の出席者は、財津と他1人。ユニオン側も、いつものメンバーだった。交渉全体は、雅広の復職を前提に進められ、早期復職を進めるため、大谷社長と斉田委員長との会談を行うことを労使合意した。

そして、9月26日に、雅広のもとに会社から封書が届いた。直近の団体交渉で、トップ会談が決定していたので、雅広は、これは復職決定の通知に違いないと、喜んで封を切った。ところが、読み進んでいくうち、頭の血の気が一気に引いて、目の前が暗くなるのを感じた。そこに書かれていたのは、

「休職延長期間が10月31日をもって終了することを通知する。……10月31日までに貴殿の復職が認められない場合、就業規則第85条2号により、貴殿は自然退職となります……」

まさしく、解雇通告だった。ただし、復職を希望するのであれば、条件として、会社の指定する2名の医師の復職を可とする診断書を提出するよう要求すると書かれていた。通知には、財津の印鑑が押されていたが、文章は法律用語が多用され、一見して今までの財津の文章とは異なっていた。

ユニオンの対策会議では、会社が労使合意をほごにして、10月31日「休職」期間満了による一方的な解雇か、復職かを迫る極めて緊迫した状況となったことを確認した。

斉田委員長は、通知文をじっくり読み終えて口を開いた。

「この『通知文』は、JEC本社の主導で弁護士が作成した文書と思われる。JEC本社が乗り出してきたことで、今後の見方を変えることが必要だ。JEC本社と電機労働者ユニオンの本格的な闘いになった」

10月3日、JECDS社長と斉田委員長のトップ会談が、JECDS本社（M国際ビル）2階会議室で10時から12時20分まで開かれた。当初は30分の予定とされていた。

会社側メンバーは、大谷社長、財津経営企画本部人事総務部長。ユニオンメンバーは、斉田委員長、毛利書記長。

会談では、社長に2015年12月19日と2016年1月8日の植草の診断書を見てもらうこと、社長と植草の面談を行うことが決まった。

会談の翌日から、毛利書記長が社長と植草の面談日、場所確認のため、財津に何度も電話、メールをした。連絡がつかない状況が続いた後、財津が持ち出してきたのは、会社指定の診断書がないと状況がわからないので診断書が先という条件だった。

社長にも何度も直接電話をかけた結果、秘書経由で返ってきたのは、やはり「有効な診断書が必要」という返事だった。

対策会議では、解雇される局面に入るので、それも前提にして10月31日の最後まで、可能な手を尽くすことを確認した。会社の「通知文」に触れると、会社の筋書きに乗るので触れないことを貫き、行政機関を最大限に活用する。そのため、厚労省・法務省レクチャー、K労働局、O労基署、K労働委員会への地位確認仮処分の要請の準備に入った。

10月16日、K労働局への助言・指導の申し出を行い、受理された。10月17日、大迫監督官から雅広に電話があった。

「休職期間が満了する10月31日までに復職に関する話し合いの機会を設けてほしいという申請については、話し合いをさせるということはできないので、機会を設けることを検討してくださいと助言しました」

K労働局の大迫監督官からの電話は続いた。

「もう1点の9月26日の通知書で診断書を求めている2人の医師、特にAクリニックには不信感を持っているので、診断書の提出を求めている医師の見直しの検討を行ってはどうかと助言しました。財津さんからは、ユニオンとは話が平行線になっていて、植草さんと直接話し合っても進展するのかなと言っていましたが、今回労働局長の助言を受けたので検討はさせてもらいますと言っていました。また、2名の医師については、この2人が適任と考えていますが、助言を受けたので検討はさせていただきますという回答でした。話し合いが設けられれば『解決』、設けられなければ『未解決』ということを助言指導の申し入れの結果とさせていただきます」

前任と違って、言葉遣いは丁寧だが、失望を禁じ得ない内容だった。公共の組織なので、経営側にも労働者側にも立たず中立ということを強調するが、強い会社に対して緩く、弱い労働者に冷たいと雅広は感じた。

10月21日、日曜日の10時すぎ、やっと毛利書記長から財津に電話連絡がついた。「診断書は、KWクリニック横浜だけでいいですね?」と確認すると、財津は「いいです。KWだけで」と答えた。毛利書記長が「診断料は、会社負担でお願いしたい」と言葉を重ねると、財津は「会社で出します」と応じた。

しかし、KWクリニックを受診するには、主治医であるYクリニックの紹介状が必要であり、そのためにYクリニックに事情を説明したが、医師から「私は何をすればいいんですか? あなたは、病気が治っているのですよ」と詰問された。改めて、会社の要求が常識外れのものであることを痛感させられた。

なんとかYクリニックを拝み倒して紹介状を書いてもらい、10月25日に雅広はKWクリニックを受診した。今度の病院でどんな診断をされるか心配でならなかった。Aクリニックのトラウマもあったし、今回も会社指定の病院だ。なぜ、わざわざ遠い横浜の病院を受診させるのか。敵の罠に自ら踏み込んでいく感じで心臓がバクバクした。KWクリニックの受付は、電灯もなく暗く、そこにいる女性も髪がボサボサで、雅広は引き返そうかと思った。

だが、医師は小太りの至ってあっさりした感じの人だった。医師は、ＪＥＣ本社の産業医をしていたそうで、ＪＥＣの復職制度は把握していた。診断の結果は問題なしで、診断書には「精神症状は認められなかった。復職を認む」と書かれていた。医師は「これで、だめなら怒っちゃうよ」と軽口をたたいていた。診断書は、すぐにメールで財津に送付し、社長に見せるよう依頼した。

その後、毛利書記長が電話で何度も財津に問い合わせを行ったが、会議中、外出中という理由でつながらず、伝言を頼んでも、連絡をとることができないことが続いた。10月26日に、財津から雅広に、面談を行うので10月29日に湘南テクニカルセンターに来るようにメールがあった。

面談で財津は、ＫＷの診断書だけではなく会社が発行した情報提供依頼書を通じて詳しい診療情報を入手しなければ、復職の判断ができないと言い出した。いつもの財津得意の後出しじゃんけんだ。しかも、Ａクリニックの診断書について不要と言ったわけではなく、まずＫＷの診断書と言っただけで、Ａクリニックの診断書も必要だと言い出した。毛利書記長がいないことをいいことに、平気でへ理屈を言う。

10月31日に、雅広は情報提供依頼書にサインして会社に届けにいったが、財津が不在なので守衛に預けるように連絡があった。守衛に情報提供依頼書を渡してから、会社の外に設置されている自動販売機で社員証が有効かどうかをチェックした。社員証をかざすと「社員証ご利用になれます」と変化した。まだ、社員証は有効なようだ。明日もチェックをしてどのような変化があるか試してみようと思った。その後ユニオン事務所では、毛利書記長が繰り返し財津に電話したが、財津の携帯電話はつながらなかった。

11月1日、ユニオン事務所に斉田委員長、毛利書記長らユニオン、電機協関係者と雅広が集まった。最悪の結果を迎え、会議室の空気は重かった。直近の状況を共有し、今後の取り組みを話し合った。

「一番不安定な精神状態です。不安が大きく冷静に考えられない」

雅広は、今の心境を率直に吐露した。しかし、心の片隅では、こういう結果と裁判を覚悟していたような気がした。

提訴

ユニオンに加入してからの1年半の闘いの中で、雅広に見えてきたものがあった。会社は圧倒的に強い。一人一人の労働者は弱い上に、バラバラで孤立している。面談の時に、多田が言った言葉がよみがえった。「復職できるかできないかの判定でだめだよってなった場合は、退職に流れていく人がほとんどなんですよ」と多田は言った。そうなんだ。精神疾患にさせられて復職を拒否されて泣く泣く退職させられた人が、たくさんいたんだ。今も精神疾患でもがいている人がたくさんいる。これからも。彼らが、安心して治療して復職できるように、今ここで、僕ががんばらなければならないのではないか。それが、僕の役目なのではないか。次第に、雅広の気持ちは落ち着いてきた。

会議メンバーの励ましも受けて、雅広の心は固まった。一矢報いるまでは、黙っていられない。ここで諦めたら闘ってきた意味がなくなる。三倍返ししてやると誓った。

対策会議では、復職闘争の意義を協議し、以下の通り確認した。

①植草さんの不当解雇を撤回させ、人権と尊厳を取り戻す。
②会社と産業医が一体となって休職者を復職させないＪＥＣの異常な労務政策をただす。
③セクハラ・パワハラ、拉致、退職強要を許すＪＥＣの反社会的な企業体質をただす。
④リストラの退職強要で苦しめられている労働者を激励し、ともにたたかう。

また、「植草さんを支援する会（仮称）」で、運動を展開していくことを決め、早急に発足させることを確認した。

湘南テクニカルセンターのテニスコートは、地域の人にも開放されている。11月3日の昼食時、雅広はテニスコートに行ってテニス部の練習に参加した。同じ職場のテニス部の人に自分の社内での扱いはどうなっているか聞いたところ、社内向けポータルサイトの全社通知の人事異動のところに休職期間満了になったという表示があったと教えてくれた。だが、生産技術グループの朝礼では特に話はなかったそうだ。また、田辺部長は2年くらい前からずっと中国に行っているとも教えてくれた。

既に知っていたこととはいえ、解雇された事実は胸に突き刺さった。

第三章

争議生活

雅広が裁判で闘う決意を固めたので、ユニオンの仲間が闘うための準備を手伝ってくれた。闘う前に、まず生きていかねばならない。まず住むところを確保しなければならない。新しい住まいは、今の寮から5分くらい会社に近いところのアパートにした。今より狭くなるが一人暮らしなので別に苦にならない。次は、収入をどうやって得るか。雅広は、アルバイトをして金を稼ぐのかと思ったが、そこは争議経験豊富な神奈川支部委員長の岡村から助言があった。岡村は、差別撤廃を求めて武蔵製作所と裁判を闘った。

「解雇されて裁判をするから、働けないということで、生活保護を申請するのが一番確実。アルバイトしていたら、とても裁判に勝つためのオルグ、宣伝活動はできないわよ」

「でも、生活保護って、申請が難しいんでしょ。親や兄弟に、援助してもらえないのか聞かれるって、聞いたことがありますが」

　何年か前にお笑い芸人の母親が、生活保護を受けているということで激しいバッシングを受けていた。当時、お笑い芸人はけっこう売れていたから親を扶養する力はあったのかもしれない。家族に迷惑をかけるのは、申し訳ないと思った。

「ああいうバッシングは、社会保障費を削減したい政治家たちが、意図的にマスコミやネットを使って流しているのよ。あの母親の場合だって、不正受給じゃなかったし、本当に不正受給しているのは全体の2％で、反対に病気や障害で働けない、母子家庭で収入が少なくて憲法で定める『健康で文化的な最低限度の生活』の基準を下回っているにもかかわらず、利用していない人たちが、60から80％もいるのよ。いい、憲法25条、すべて国民は、健康で文化的な最低限度の生活を営む権利を有する。生活保護は、国民の権利なのよ。植草さんの場合、働けなくして収入の道を断っているのは会社なんだから、会社が悪いんだから、堂々と申請すればいいのよ」

「心配しなくていいよ。窓口への申請には、岡村さんと地元の議員が一緒に行ってくれるから。ね、そうでしょう、岡村さん」

　渡里が、岡村に念を押すように言ってくれた。

「もちろんですよ」

　岡村がかっぷくのいい体を揺らして応じた。岡村は肝っ玉母さんみたいで本当に頼りになる。

　福祉事務所に来たのは初めてだ。もし1人で来たら右も左もわからず、途方に暮れたことだろう。しかし、今日の雅広には岡村と地元の田島議員がついてくれている。生活保護担当の吉沢という中年男性との面接で、雅広は職場との関係や家庭の事情を詳しく聞かれた。吉沢から、「若いから働きなさい」と言われたが、すかさず、岡村が、身を乗り出して反論してくれた。

「植草さんを働けなくしているのは、会社です。医者が病気は治っていると診断書を出しているのに、復職を拒否しているので働けないのです。不当解雇を撤回させるために裁判をするので働けないのです」

田島も、裁判も国民の権利だと加勢してくれたので、吉沢は、「それではご家族に扶養照会させていただきますので、実家に電話をかけてください」と言った。両親には事前に生活保護を受けることを伝え、役所から電話が来たら成人した子どもで独立しているので援助できないと言ってほしいと頼んでおいた。母親が電話に出て、雅広は吉沢に代わった。しばらく会話した後に、電話を終えた吉沢から申請書が渡された。事前に記入項目はわかっていたので、その場で記入して提出した。福祉事務所を出て別れ際に、田島が言った。

「後は、生活保護担当が自宅にきて、生活の状況や生活保護を受ける条件を満たしているか調査がありますが、大丈夫でしょう。裁判、がんばってください」

雅広は、「ありがとうございます」と深々と頭を下げた。もし1人で来たら、きっと吉沢に言い負かされて、すごすごと引き返すことになったに違いない。

生活保護の支給額は、10万8000円だ。家賃が4万円、光熱費と電話通信費に3万円はかかる。だから、食費に充てられるのは、約3万円なので、1日1000円、1食300円に抑えなければならない。食費の節約術を考えた。まず、スーパーの半額弁当はありがたく積極的に活用する。半額シールが貼られる閉店前の時間を狙ってスーパーに行く。冷凍肉を買っておいて、少しずつ焼いて食べる。健康を害しては、元も子もないので、野菜は必ず食べる。ほうれん草、ブロッコリーをゆでて冷凍しておき、少しずつ食べる。学生の時も寮に入っていた。休職させられていた間も、会社の借り上げアパートで自炊していた。生活レベルは、大して変化がない。衣食住の住、食の見通しがたった。衣は、元々要求が低い。それに、最近はリユースの店もあるし、支援者からも着なくなった服を提供してもらった。

正月に実家に帰った。小学生の頃は、家族でキャンプや釣りに行ったが、中学校にあがった頃から、親子の会話はほとんどない。

帰宅したら、居間に両親がいたが、「ただいま」と言っただけで、自分が前に使っていた2階の部屋に行こうとしたら、母の清美に呼び止められた。

「ちょっと、どうなっているのか、話しなさいよ」

面倒くさいと思ったが、この間迷惑をかけているので、説明しないといけないと思って、バッグを置いて、ソファに腰を下ろした。

「不当解雇されたんで、裁判をやることになった。収入は、この前、役所から電話があったと思うけど、生活保護を受ける。新しいアパートにも入った」

雅広は、要点だけを説明した。案の定、清美は、金切り声を上げて怒った。

「裁判だけはするなって、あれだけ言っていたでしょ。お金は出さないよ」

「わかってるよ。生活保護のお金で、なんとか暮らせるから」

雅広は、生活保護の支給額と使い方を説明した。生活保護が決まっていてよかったと思った。

しかし、清美の怒りは収まらなかった。

「あんたは、兄弟の中で一番頭がよくて大学まで行ったんだから、あんな会社あきらめて、はやく転職しなさい。裁判なんて、時間ばかりかかって、人生を棒に振るだけよ」

清美は、あなたも何か言ってやってという視線を、父の和夫に向けた。

「母さんの言うとおりだ。ユニオンの人たちは、悪い人たちではないようだが、力も、お金もないだろう。大きな会社と闘ったって、勝てっこない。早く、転職しなさい」

雅広は、あまり感情的になって言い争っても、仕方ないと思って黙って聞いていた。でも、言うべきことは言おうと思った。

「僕は会社の役にたとうと真面目に働いていた。病気にさせられて物のように放り出されて、治ったのに復職させてもらえない。こんなひどいことをされて、黙っていたんでは、人として自分が許せない。証拠もあるし、倍返ししないと気が済まない。家族に迷惑はかけない。自分の人生だから自分が納得できるように生きたい」

清美は、口をぱくぱくさせていたが、捨てゼリフのように言った。

「ばかなんだから、権力に逆らっても無駄よ。長いものに巻かれて生きるのが、生きやすいのよ」

和夫は、ため息をついてから、言った。

「おまえが怒るのもわかる。おまえが、生きものを扱うように、つり下げられてきたのを見た時は、びっくりして何も言えなかったが、父さんも後から、おまえがかわいそうで、会社に腹が立った。だから、おまえの気持ちはわかるが、自分の子どもがそこまでしなくてもと思うのが、親の真情だ。それに、おまえは1人だ。ユニオンの仲間がいると言っても、裁判をやるのはおまえ1人だろう。でも、おまえの人生だ。おまえが生きたいように生きろ。ただし、借金は作るな」

毛利さんから聞いた久喜電気の争議は9年だった。だが、もう引き返すことはできない。雅広は、黙って父親に頭を下げると、2階に上がっていった。2階には部屋が三つあって、兄弟がそれぞれ部屋を持っていた。雅広が小学校に上がる年に、引っ越してきた家だった。親父《おやじ》は無理して大きな家を買ったんだろうなと思った。兄の幸雄の部屋をのぞくと、弟の大輔もいた。雅広も声をかけて入って、大輔と並んでベッドに腰を下ろした。

「よっ」

「おう」

幸雄は、自宅から仕事に通っているが、大輔は一人暮らしをしている。正月なので、大輔も帰ってきたのだ。

「会社ともめてるんだって?」

もう清美が大輔に話したのかと嫌な気がしたが、どうせわかることだと思った。

「ああ、適応障害は治ったという診断書があるのに、復職させてもらえず、休職期間満了で首切られた。不当解雇だから、裁判する」

「裁判？」

大輔は、驚いた顔をしたが、机の椅子に座った幸雄は反応を示さない。幸雄にも聞こえたはずだが、裁判の意味が理解できていないのかもしれない。幸雄は小太りで、短髪の丸顔に丸いフレームの眼鏡をかけている。派遣でいろいろな職場を転々としているが、反応が鈍いので、職場でもいじめられているらしい。

「ああ、理不尽なことには、声をあげて、怒らないとね」と、雅広は言った。

「ふーん。なんか変わったね、雅ちゃん。うちは、小さな鉄工所で、給料安くて、休出とか残業も多いけど、まあ、いいかと思ってる。人間関係はそんなに悪くないからね。肉体労働で体は疲れるけど、争いごとは神経が消耗するから嫌だな」

そう言うと、大輔は話題を変えるように言った。

「暗い話じゃなくて一緒にゲームしようよ。新しいゲーム買ってきたんだ。ＪＥＣより、こっちの悪の組織を退治しようぜ」

それを合図に、大輔が準備を始めたゲームに兄弟で熱中した。兄も弟も仕事ではそれほど幸せではないようだが、争議に興味を持てと言っても無理だろうなと雅広は思った。

元日になった。家にいても気詰まりなので、近くの神社に初詣にでかけた。けっこうな人出で、着飾った人々が集まってくると、新しい年が明けたという華やかな雰囲気が醸し出される。だいぶ並んで参拝してから、おみくじを引いた。今年の運勢を恐る恐る見ると、中吉だった。争いごとは、「さわりあるべし」とあった。よくわからないが、たぶん障り、つまり障害があるという意味なのだろう。まあ、運勢占いにすがった自分に苦笑いしながら、おみくじを結んで帰ろうとしたら、「よう、雅広じゃねえ」と呼ぶ声がした。振り返ると、中学、高校と仲がよかった友人の磯部拓也が立っていた。

「今、横浜の方に住んでいるから、ずいぶん、ひさしぶりだよ。ここにお参りにきたの」

「へえ、俺も小田原の方、意外と近いかも。そう言えば、あれ、東京駅のプロジェクションマッピングを見に行った時以来だな」

あの時は、自分もこれから就職して新しい生活が始まるんだという喜びにあふれていた。磯部は、茶色のロング丈のコートを着ていた。そこへ、マフラーと毛糸の帽子で目だけ出したかわいい男の子の手をひいて、キャメル色のコートを着た女性が現れた。女性は、磯部と雅広を交互に見てから、雅広に会釈した。

「会社に入って、すぐに結婚したんだ」

照れる磯部に雅広は「おめでとう」と、笑顔で祝福の言葉を贈った。立ち話の間、男の子はじっとしていられない様子で、母親の周りを走り回っていた。去っていく家族を見送りながら、雅広は、「自分の道を行くだけだ」と、心の中でつぶやいていた。

裁判闘争

雅広は、2019年1月28日、JECディスプレイソリューションズと矢部医師に対し、矢部医師の不適切な診断結果に基づき不当に復職を拒まれたとして、不当解雇撤回と慰謝料を求める訴訟をY地裁に起こした。裁判闘争にむけての弁護団は、神奈川での運動の重要性から、K自由法曹団（K合同法律事務所、Y合同法律事務所）に依頼した。

提訴後の記者会見では新聞記者からセクハラ、パワハラ、拉致事件、不当解雇などについて質問を受けた。

「病気を治すために休職制度がある。休んだ結果が不当解雇。会社に裏切られた。今、精神疾患で治療している人たちのためにも不当解雇撤回までがんばる」

雅広は、悔しさと怒りを込めて告発した。

その日の午後6時から、「JECの不当解雇と闘う植草さんを支援する会発足集会」が、県民サポートセンターで開かれた。集会では畑野君枝日本共産党衆議院議員の挨拶があった。弁護団からは本件の社会的意義として、急増するメンタル疾患者に対して復職支援が進められているが、被告JECDSは、精神疾患を発症した労働者を違法行為により強制的に排除し、「復職可」とする主治医の診断書を無視し、交渉を重ねた労働組合との合意もほごにして復職を拒否しており極めて悪質である、さらに急速に広がる「発達障害」という言葉を悪用して、労働者を障害者扱いして退職に追いこむ手法も併用されていると強調した。

雅広は、数十人の参加者を前に、「この4年間、セクハラ、拉致、休職、解雇などいろんなことがあり、ストレス耐性も強くなりました。JECでは多くの労働者が退職強要にあい、休職に追い込まれています。私だけの闘いじゃない。休職中の人に声を届けたい。諦めないで闘います」と決意を表明した。

提訴翌日、支援する会は、JEC本社、JECDS本社、JECDS湘南テクニカルセンターに対する抗議宣伝行動を行った。

抗議宣伝行動では、斉田委員長のハンドマイクでの気迫のこもった訴えが早朝のビル街にこだまし、歩道に立つ支援者が掲げる「JECディスプレイソリューションズは不当解雇を撤回し復職をただちに行え！ セクハラ、拉致を謝罪せよ！」と書かれた横断幕は職場にむかうJEC労働者の注目を集め、人々は硬い表情で横断幕の文字を追いながら本社ビルに入っていった。

抗議宣伝を終えて、斉田委員長を先頭に、雅広たちは要請団を組んで、JEC本社ビルに入っていった。ところが、要請団が入場ゲートに近づくと、守衛が黄色いテープを張ってゲートを封鎖したのだ。刑事ドラマの事件現場でよく目にするテープだ。それを目にした斉田委員長が烈火のごとく怒った。

「私は、JECの株主だ。株主になんということをするんだ。これが、天下のJECがやることか」

斉田の怒声はホールに響き渡り、周りを歩いていたスーツ姿のビジネスマンたちが、驚いて立ち止まり、こちらを凝視している。時間が止まった感じがした。雅広も斉田と行動を共にすることが多いが、こんなに怒った斉田を見たことがない。まるで、眉をつり上げ、大きく目玉をむき、クワッと口を開いて炎を噴きあげる閻魔大王のような感じだ。怒られた屈強そうな守衛は、腰砕けになり、どうしていいかわからないのか辺りをキョロキョロうかがっている。スーツ姿の中年の男が守衛に駆け寄り指示すると、守衛は素直にテープを回収して、ゲートを開けた。

要請団が、受付ロビーに入場すると、先ほどのスーツ姿の男が近寄ってきた。総務部のシニアマネジャーと名乗り、要請書を受け取った。雅広は、会社がわれわれをまるで暴力団のように思っている様子に驚くとともに、自分を暴力的に拉致しておいてなんだと怒りが湧いた。

同時刻に行われたJECDS湘南テクニカルセンターでの要請では、受付の警備員が要請書を受け取ると言うので、総務部担当に来てもらいたいと主張したが、総務部担当は姿を見せなかった。そこで要請団は、要請書を提出せずに大谷社長宅へ要請に向かうことにした。

大谷社長の住まいは、駅に近い閑静な住宅街にあった。社長宅の道路脇に数台の車が止まり、十数人のメンバーが降り立つと、近隣の住民が、何が起こったのかと驚き、玄関から出て物陰からうかがう様子があちらこちらで見られ、緊迫した空気が周囲にあふれた。インターフォンで来意を告げると、社長夫人と思われる年配の女性が玄関に現れた。要請書を差し出し、

「今後、社長の責任で復職して解決するまで、たびたび要請に伺います」と告げると、夫人は、

「承りました」と言って、要請書を受け取り、社長に手渡すことを確約した。

「さて、これからは、どんどん外に出て行って訴えるんだ。手はじめは、これ」

毛利から渡されたのは、2月21日開催の東京地方労働組合評議会（東京地評）の第5回幹事会という会議の案内だった。

「私1人で行くんですか」

「カメラマンとして、私も行くけどね。訴える内容を紙に書いて。チェックするから。東京地評は、東京都内の労働組合が加盟する連合で、約40万人の組合員で構成されているから、しっかり訴えて支援を得なければいけないよ」

いきなり、活動のステージが上がって、前に押し出された気がした。しかし、これが裁判で闘うということなんだと思い直した。当日、会場に到着すると、約50人が出席していた。みんな歴戦の闘士という人たちだった。

議長の挨拶に続いて、4団体の訴えの最初に名前を呼ばれた。待っている間は緊張していたけれど、マイクを握ると不思議と落ち着いた。

「私は、セクハラ・パワハラを受けて、精神疾患にさせられ、休職しました。病気は治っているという診断書があるにもかかわらず、会社は復職を認めてくれず、休職期間満了で不当解雇されました。こんなことは、絶対に許すことができません。私の闘いは、自分を救う闘いだけでなく現在休職されている方々、現在通院治療中の方々を救う闘いになると思います。総労連・東京地評争議支援総行動にエントリーします。どうかご支援をよろしくお願いします」

訴えて、雅広が頭をさげると、司会をしていた議長から「力強い訴えをされた。全面的支援をしたい」と温かい表明を受けた。

3月2日、雅広は電機ユニオンと電機協のメンバーと上野公園水上音楽堂で開催された「すべての仲間の賃上げと雇用の安定でくらしと経済をたてなおそう」と題した「19春闘を元気にたたかう金属労働者のつどい・東日本集会」に参加した。壇上にあがり、毛利、末野が横断幕を持ち、他のメンバーは電機協や電機ユニオンののぼりをかかげた中、雅広は「JECの不当解雇は絶対に許さない。最後まであきらめずに闘います」と決意を表明した。会場を埋めた1000人を超える参加者から「がんばれ！　負けるな！」などのかけ声と共に連帯の大きな拍手が寄せられた。

4月16日に、Y地裁5階の502号法廷で、第1回口頭弁論が開かれた。傍聴席は、電機ユニオン、電機協の支援者約40人で満席だ。雅広は、裁判長たちが座る正面の法壇に向かって左の原告席に弁護士たちと並んで座った。向かいは被告席で、会社側の弁護士2人と矢部医師の代理人である弁護士が座っている。会社の当事者である財津は傍聴席に座っていた。

雅広が学生時代、ブラックな居酒屋チェーンで新入社員が過労自殺する事件があった。実は、雅広は入社前から、人生80年で一度は会社ともめるかもしれないと思っていた。予感が現実になっているのが不思議な気がした。

裁判長による訴訟手続きが双方の代理人により確認された後、雅広は意見陳述を行った。雅広は、入社から不当解雇を受けた経緯を簡潔に述べ、

「今回のような会社の復職拒否や医師の診断がまかり通れば、一度精神疾患を発症した多くの労

働者は、復職の道を断たれることになります。私は、自身のみならず、他の労働者のためにも、JECDSの不当な復職拒否を許すことができないと思い、訴えを提起することを決意しました。裁判所におかれましては、本法廷において明らかにする事実を真摯に受け止め、労働者が安心して復職できる環境を守るため、厳正なる判断をお願いします」

と結び、5分半の陳述に怒りを込め、凛《りん》として訴えた。

弁論が終わると、支援者たちは、別の会場に移って報告会を持ち、弁護士から裁判の内容について、詳細な説明が行われた。会社は、医師が「発達障害」と判断していることを根拠にしようとするが、矢部医師は傷病名欄の「能力発達にもともと特性があり、業務に支障をきたす人」という記載は、病名でもなく、原告に対して「発達障害」の診断はしていないと逃げており、会社の根拠は揺らいでいる。また、事件の背景には、電機産業で猛威を振るっているリストラの影響がある。40万人以上の実質解雇が強行されながら、社会問題にもなっていないのは、圧倒的な力の差の下で、個々の労働者に希望退職に同意させているからだ。メンタル疾患に罹患《りかん》し、保護的配慮が必要となる労働者を抱えておくことは会社にとって負担でしかないとし、職場からの排除を確信犯的な脱法的手法で実行した点で、本件はリストラと本質的に同じだと断じた。

雅広は、提訴へ向けて準備している時に、ネットを検索していて、「JEC事件」という判例を見つけた。アスペルガー症候群と診断された原告が、休職期間満了により退職となったことにつき、退職の効力等を争った事案であるが、裁判所は、総合職として採用したので復職のためには、総合職としての役務の提供が必要であるとし、障害者の雇用安定義務や合理的配慮提供義務は、使用者に対し、障害のある労働者のあるがままの状態を、常に受け入れることまで要求するものとは言えないとして、休職期間満了退職を有効とした。

同じＪＥＣで、しかも２０１５年と言えば、自分が強制排除された頃に、このような裁判が行われていたことを知って、雅広は驚いた。

雅広は、弁護士の林に、その資料を印刷して見せた。林は「ああ、これね」と資料を見ても平静であった。

「私は、子どもの発達障害関係も扱っています。それで、市村先生という発達障害では日本で一番の権威と言われている先生を知っています。もし、植草さんが希望するなら紹介できますけど、発達障害の検査を受けてみませんか」

弁護団会議でも、いずれは雅広が発達障害であるかどうかが争点になるとの意見が出ていた。早いうちに白黒はっきりさせておきたいというのが弁護団の意向だった。林から提案されたので、雅広も覚悟を決めて「検査を受けます」と答えた。

自分は発達障害ではないと思っているが、矢部医師のところでも検査は受けていないし、どこで検査を受けていいかわからず、そのまま来ている。検査して、はっきり発達障害ではないと証明できれば、裁判はかなり有利になるだろう。でも、もし、発達障害との診断が出たら、会社の言うとおりになってしまうし、判例があるから、裁判はほぼ絶望的になると思われた。発達障害の症状や特性は、個人によって違いがあり、特性のグラデーションは誰にでもあると言われている。雅広は検査を受けると言ったが、実際には、弁護団、ユニオン、支援する会の幹部でかなり議論が行われた。結局、「賭けだな」という意見もあったが、本人の意思ということで、検査を受けることが決まった。

検査は、東京の錦糸町の病院で受けた。担当してくれたのは、40歳代の女性医師だった。歴史の知識、暗記、パズル、トラブル対応等さまざまな問題があった。

1カ月後に、市村医師から検査結果の報告を受けた。

「40年の経験から、植草さんを発達障害と判断するのは極めて難しい」

持って回った言い方に戸惑ったが、発達障害ではないと断定するのはできないので、こういう言い方になるそうだ。知能指数は平均レベルの値だった。

市村医師の診断を受けて、6月11日に開かれた第2回口頭弁論では、原告弁護団の浜崎弁護士が陳述を行い、本件提訴後、日本発達障害ネットワーク理事長、日本自閉症協会会長などを務める市村隆博医師から、雅広が「発達障害ではない」との診断を受けたことを紹介し、その上で矢部医師は、発達障害を診断する際に必要な検査を一切行わないどころか、スクリーニング検査や、育成歴・生活歴の本人聞き取りを行わず、ＪＥＣＤＳとの間で植草さんを「発達障害」とする認識を共通させていたと指摘した。

浜崎弁護士は、「矢部医師はその後の育成歴・生活歴の聞き取りで植草さんに問題がないと認識したにもかかわらず、ＪＥＣＤＳと共謀し、自らが作成した『診療情報提供書』を使って植草さんを職場から排除した」と指摘し、「ＪＥＣＤＳによる植草さんの復職を拒否する判断は、正当な根拠に基づかないものであり、失当です」と結び、雅広の「発達障害」がまったくの捏造《ねつぞう》だったこと、ＪＥＣＤＳと矢部医師が共謀したことが鮮明になった。

裁判長が、ＪＥＣＤＳ側の弁護士に対して、

「原告を休職させた理由は適応障害でいいのか」と尋ねると、会社側の女性弁護士は、「業務に耐えがたかったため」と答弁した。医師が見立てた病名ではなく、会社が独断した「業務に耐えがたい」という理由で、雅広を休職させたということは、ＪＥＣＤＳの体質をあからさまにするやりとりとなった。このようなことがまかり通れば、労働者は「業務に耐えがたい」という会社の一方的な判断で、医学的根拠なしに休職に追い込まれてしまう。

裁判を始めた当初、雅広は「ＪＥＣ事件」の判例を見たこともあるし、周りの人たちからも労働問題の裁判では勝てないと言われ続けていたため、勝てないだろうと思っていた。でも、弁護団との会議で綿密に読み解かれた証拠がだんだんと結びついていくと、もしかしたら勝てるかもしれないという希望が生まれた。

電機の仲間の闘い

ＪＥＣの子会社であるＪＥＣソリューションイノベータの大和田信幸が、病気を抱える子どもの育児などに支障が出るとして転勤に応じなかったことで、懲戒解雇されたのは不当だとして、社員としての地位確認と賃金・賞与の支払い、慰謝料などを求めてＯ地方裁判所に提訴した。

大和田は、昨年の３０００人リストラで早期退職への応募を強要する面談を、常務らから４回

受けたが、応募しなかった。大和田は、大阪府内で小学校4年生の長男と75歳の母親との3人暮らしで、長男が月に4、5回の頻度で頭痛や嘔吐《おうと》の自家中毒の症状を発症するため、その都度対応に駆けつける必要があった。また、母親も白内障などで体調不良であるため、転勤に応じられないと会社に説明し、従来と同じ勤務地での転属を希望していた。

その後、会社は報復人事にあたる関東地区への配転命令を出し、転勤しないことを口実に不当解雇を強行した。大和田への不当解雇は、退職強要、育児・介護休業法の不履行、解雇権の濫用などの違法行為である。

提訴後の会見で、大和田は「社員の家庭事情を全く配慮しないで、法律違反を犯してまで懲戒解雇するのは許せない」と訴えた。

同じくJECの子会社JECプラットフォームズ一関事業所のAさんは、2014年に契約社員として入社し、4年半にわたり、保健師として社員の健康管理を担当してきた。この間、6カ月ごとの有期契約を繰り返してきた。

Aさんは入社時のハローワーク求人票に記載されていた「勤務評価により将来正社員登用あり」をよりどころに、さらに上司の人事総務部管理職から「どこかのタイミングで正社員を考えています」「正社員になれば給料も上がります」との口頭での説明も数回受けたので、いずれは正社員になれるものと信じて、責任感をもって保健師業務に励んできた。

しかし、会社は3月末での一関事業所の閉鎖を口実にして「3月29日までの契約である」と通知してきた。Aさんは、雇用継続と正社員化を求めて、雇用継続に関する要求書を会社に提出し、本社人事総務部長と面談を行った。

また、I労働局に「雇用の継続と事業所閉鎖を理由とした解雇の撤回を求める」労働局長の助言指導の申し出を行い、I労働局は口頭助言を会社に行った。

Aさんは電機労働者ユニオンに加入し、3回の団体交渉を行った。しかし、会社は正社員化を履行しなかったことを棚に上げ、会社責任である事業所閉鎖を「特段の事情」と強弁し、3月29日での「雇い止め・解雇」を強行した。

雅広も団体交渉によって、もう一歩で職場復帰できそうなところまでいっていたのに、突然解雇通知が送りつけられた。雅広は、JECが強行していた3000人リストラとの関係が当然あるだろうと思った。JEC本体でリストラを強行して、多数の労働者を無理やり退職に追い込んでいるさなか、休職者を職場に戻すことに、上部から反対する意向が働いたとみるのが自然だろう。JECは、2018年12月末に2170人を退職に追い込んでも目標の3000人にこだわり、追加のリストラを続けている。

JECソリューションイノベータの大和田信幸の解雇、JECプラットフォームズのAさんの雇い止め解雇、そして自分の休職制度を悪用した解雇は、JECグループ全体が、3000人リストラ達成のために理性と順法精神を失った中で、労働基準法や労働契約法、労使慣行に反して引き起こされたものだと雅広は思った。

職場や社会での闘いを強め、JECが行っている違法行為や異常な労務管理を広く職場や社会に明らかにして、自分たちの不当解雇撤回を一日でも早く勝ち取らねばならないと、雅広は心に誓った。

「すべての争議の早期全面解決を！」などのスローガンを掲げた5・30総労連・東京地評争議支援総行動が、5月30日の早朝から夕方まで東京都内で取り組まれ、雅広もエントリーして、20争議団の関係各社、厚生労働省、法務省に要請行動・申し入れを行った。

ＪＥＣ本社への要請行動は、大型宣伝カーが本社前の道路に横付けされ、ＪＥＣのＯＢのトランペッター杉平の演奏でスタートした。車の屋根に設けられた演台に登ると視界が広く、目の前の本社ビルの玄関から、こちらを見ている守衛たちの様子がよく見えた。東京地評常任幹事の主催者挨拶、斉田電機労働者ユニオン委員長と酒井電機労働者協議会代表の連帯挨拶の後、雅広に決意表明の順番が回ってきた。雅広は、下腹に力を込めた。自分の声が周囲のビルにこだました。まるで、本社ビルの最上部にいるＪＥＣ社長と差しで対峙《たいじ》している感じがした。


雅広は、２０１４年入社からセクハラ、拉致、不当解雇、提訴までの経過を簡潔に報告し、「休職という制度を悪用したＪＥＣのリストラ施策は絶対に許せません。私の闘いは自分を救う闘いにとどまらず、現在休職されている方、通院治療中の方々をはじめ、リストラで苦しんでいる方々と連帯する闘いになります。私は、ＪＥＣディスプレイソリューションズに不当解雇を撤回させるまで闘い続けます」と力強く決意を述べた。

本社前行動終了後、斉田委員長、雅広ら要請団は、本社に入っていった。前回の要請では、入場ゲートに黄色いテープを張られて入場を妨害されたが、今回はスムーズに入場でき、ＪＥＣ担当者と本社応接室で、要請交渉を約30分行った。

要請行動は、銀座4丁目の交差点にある自動車メーカーのオフィス前でも行われた。往来する人々の多くは観光客らしき人々で、のぼりを担ぎ赤い腕章をつけてビラを配る総行動の支援者を、珍しそうに見ていた。

ある土曜日、午前10時からJEC分会が始まるので、組合員が事務所に集まってきた。10人くらいの参加者のうち、現役世代は、雅広の他には、汐見と白河だけだった。

「前田さんは、どうしたのかね」

斉田が小宮に聞いた。

「前田さんは実家のお父さんの介護のために帰省中で欠席の連絡がありました。メールで近況は来ています」

雅広は配られた会議のレジメを開いて、前田の報告を読んだ。

「一時金は、標準よりも15万円ほど低いか。俺と同じようなもんだな」

汐見も同じところを読み終えたらしく、ぼやいた。

「ほとんどの仕事が、共通業務ということで、誰もやりたがらない仕事ばかり押しつけられる。不要になった実験機材の処分とか。それは、プロジェクトの担当だった者がやるべきなのに」

ぼやきついでに、今の不満もぶちまけた。職場では、成果主義が徹底されていて、半期ごとに上司と今期の業務目標と前期の成果について面談を行う。上司が、目標の難易度と業績の成果を、S、A、B、Cとランク付けする。事業部、部門、上司の業務目標に直結する重要な仕事を担当する者は、当然高い評価を受ける。その評価によって、昇給昇格、一時金が決まる。業績評価の上位と下位の格差はどんどん開いて、一時金では10倍の差がつくこともある。前田も汐見もリストラ対象になったが、ユニオンに加盟して団体交渉したので、解雇は免れた。しかし、些末な仕事しか分担させられないので評価は低い。

ただ、JEC労働組合の調査では、もっと適正に評価してほしいという意見はあっても、成果主義については肯定的な意見が大半だ。学校教育の場で受験競争にさらされ、厳しい就活を経てようやくつかみとった正社員であれば、成果主義を否定しないのも当然といえば当然かもしれない。しかし、勝ち組がいれば負け組もいる。一度、負け組に入ると、抜け出すのは極めて難しい。

小宮が開始を告げて会議が始まった。最初、斉田委員長から発言があった。斉田は中央執行委員長と東京支部委員長を兼務しており目が回るほど多忙だが、JEC分会に助言するため毎回出席してくれる。それは、JECが日本の電機産業を象徴するように、終わりのないリストラを続けているからだ。斉田は、ビジネスと人権に関する指導原則と題した資料を配った。

「電機労働者ユニオンは、国連のビジネスと人権に関する指導原則を組合活動に生かす取り組みを重視しています。世界では、人権を守らずにビジネスをすることはできなくなりつつあります。サプライチェーンの末端の海外工場で、児童労働で搾取をしていれば、服飾の販売会社は批判されます。最近では、ハラスメント禁止条約も採択されました。電機の職場で繰り返されているリストラの退職強要もハラスメントです。だから、海外で事業をする多国籍企業は、ビジネスと人権に関する指導原則を盛り込んだ行動規範を制定しています。JECの場合、JEC行動規範です。その中の人権尊重の項では、こうあります。

『私は、世界人権宣言をはじめとする人権に関する国際的な基準を理解し、人権を尊重します。また、人種、信条、年齢、社会的身分、門地、国籍、民族、宗教、性別、性的指向・性自認、および障害の有無などを理由とした差別行為や、いじめ、ハラスメント、児童労働、強制労働など、個人の尊厳を損なう行為を許しません』。われわれが進めていることは、JECの最高経営層が承認しているこの考えに沿っているということです。われわれは正しいことをやっている。植草さんの闘いも正しい。そのことに不動の確信を持つことです」

斉田に、名前を挙げて語りかけられ、雅広は目が覚める思いがした。誰の言葉か忘れたが、争った場合、視点が高く視野の広い方が勝つと聞いたことがある。JECの経営者もJEC行動規範を作っているのだから、頭では理解しているのだろう。しかし、心の底ではわかっていないのだ。人権なんて甘いことを言っていたらビジネスの世界では生き残っていけないと思っているのだ。これからは人権を尊重しなければビジネスができないと心の底から確信すること、それが不動の確信だと雅広の胸の中に、すっと落ちてきた気がした。

現役組合員の近況報告の時間になった。汐見が、上司との面談を報告した。

「上司との面談は、録音されたんですか」

雅広が聞くと、汐見は意外そうな顔をして言った。

「今は、それなりに友好的な関係なんで、あえて挑発的な態度を取って職場の雰囲気を壊すようなことはしない方がいいと思うので」

　汐見は、釈明するように言った。

「別に、目の前で録音しなくても、ポケットの中に入れておいても十分録音できますよ。相手が、いつ、ハラスメントをしてくるかわからないじゃないですか。防衛するには、いつも録音すべきだと思うんですが。それに、上司とコミュニケーションできて仕事をしているときの録音をとっておけば、自分は仕事ができるという証拠にもなると思うんですが」

　分会の雰囲気としては、小康状態にある人間関係にあえて波風を立てない方がいいという汐見の意見に同調する傾向が強い感じだった。雅広も、それ以上は主張しなかった。結局、自分を守るのは、自分でやるしかないということなのだろう。

「植草さん、支援する会のホームページの件、詳しい人に援助を頼んだら」

　毛利は、いろいろと作業を雅広に振ってくる。雅広は日中、ほとんど事務所に来ているので、時間はある。裁判は自分のことなので、率先してやらなければならないことはわかっている。

　毛利が自分を活動家として育てたいと思っていることは直接言われたし、周りの人からも聞いた。でも活動家とは何なのか。毛利のようなユニオンの役員のことか、他にもやることがあるのか、雅広にはわかっていなかった。

地元の人々

地元のS労連の人たちは、2018年5月から毎月行っている宣伝行動や就業闘争での早朝のスタンディング宣伝を一緒にやってくれた。雅広は、解雇されるとS労連に加盟して、集会や宣伝に参加して、不当解雇への支援を訴えてきた。S労連にはいろいろな強者《つわもの》がいて、とても頼もしいというのが第一印象だった。議長は、警備会社に勤めている人だし、副議長は、全国一般、県職労、タクシー会社の労働組合、土建、年金者組合などの人たちだ。毎月開かれる幹事会に、雅広はオブザーバーとして参加している。

タクシー会社の労働組合の人は、女性で組合の委員長をしているが、会社に、箱根から小田原への不当配転を受けた。嫌がらせ・脅迫・暴力を受け、団交や県労委へのあっせんを申し入れても会社の態度は変わらず、単独では勝てないと大きな上部組織に加盟して、闘いを広げていると言っていた。おっとりとしゃべるが、芯は強そうな人だ。駅頭宣伝の支援を要請していたので、雅広はさっそく手を挙げて、「時間がありますから、参加します」と言うと、「ありがとうございます」と笑顔が返ってきた。労働者の連帯は気持ちがいい。心が温かくなるだけでなく、おなかも満たしてくれる。食べるものがあるのかとパンをいっぱい持ってきてくれ、お裾分けだから好きなだけ食べろと言って、段ボール箱に入ったみかんをくれる。

2019年参議院選挙が近づいてきた。今まで雅広は政治に無関心で選挙に行ったことはなかった。毛利から日本共産党の政策パンフを渡されたので、しぶしぶ読みはじめた。長い文章に嫌気がさしたが、自分に関係のある労働・雇用に関する部分は読めた。「『電機リストラ』は、48万人という大規模な人減らしに発展し、非人道的な手法で労働者が追いつめられています。しかし、職場からのたたかいと日本共産党の国会論戦によって、少なくない成果を勝ちとっています」とのくだりに雅広は思わずうなずいていた。

「『解雇規制・雇用人権法』を発表し、労働者の人権をまもり、ヨーロッパ並みの労働契約のルールの確立を提案しました。具体的内容は、最高裁の判例などで確立している「整理解雇4要件」(①人員削減の必要性、②解雇回避努力義務、③人選の合理性、④解雇手続きの妥当性)を法律に明記するとともに、裁判などで解雇を争っているあいだは雇用を継続する、解雇無効になった場合は職場に復帰するという就労権を保障しています」

雅広たち3人が解雇されるきっかけになったのは、3000人リストラだったが、あれは黒字なのに、さらに利益を求めて強行されたものだった。整理解雇4要件が法律になれば違法となるはずだ。

「ハラスメントを禁止します」も早くやってほしい。「国と地方の労働行政を強化します」の章を読んで、雅広は、要請に行った労働局や労働基準監督署の担当官たちの顔を思い出した。冷たい対応に腹をたてたが、実態は、良心的な人たちが、多忙と規則に縛られて労働者を十分に保護できないジレンマに苦しんでいたのではないかと思った。

労働者を苦しめている大本は、やはり国会で作られている法律だ。そこを変えない限り、自分たち労働者は救われないのだということがわかった。そのためには、労働者の味方になってくれる政治家が選挙で当選して国会の議席を持ってくれないといけない。政権に忖度しない政治家が国会で厳しい質問をしても、最後は採決で決まる。テレビで見ていても、それまで質問もせず眠りこけていたような議員たちが採決で一斉に起立すると、勢力図が一目で分かる。労働者に冷たく、金持ちや大企業を優遇する政治をしている勢力は圧倒的に多数で、反対する議員の数は悲しいほど少ない。これが現実なのだ。だから、現場の労働者は、ひどい扱いを受けているのだ。でも、この勢力図を見ると、なかなか一足飛びには良くならないだろうと思う。ただ、参議院選挙の一人区で野党共闘が実現したのはよかった。野党共闘が伸びれば、少しは労働者によい政治が行われるに違いない。

地元の共産党地区委員長は、池上というダジャレの好きな50代後半のおやじさんだ。池上には、いろいろと助けてもらった。まず湘南テクニカルセンターと社長宅周辺宣伝では、池上の呼びかけで宣伝行動の態勢を確保することができた。ユニオンのメンバーの多くは東京近郊に住んでいるので、神奈川県西部まで駆けつけてくるのは難しい。池上は裁判所への署名にも協力してくれ、たくさんの署名を集めてくれた。

ある日、雅広が、スーパーに半額弁当を買いに行こうとしたら、池上から「俺の分も頼む」と声がかかった。雅広の好みで揚げ物を買って帰ると文句を言ったが、「腹が減っては戦ができぬ」と理屈を言いながら食べていた。池上は体形を気にしているようだ。今度は、あっさり味の弁当を選ぶようにしよう。

雅広はK労連の代表派遣の一員として、原水爆禁止世界大会長崎に参加した。戦争や核兵器の恐ろしさとともに、核兵器廃絶を求める日本と世界の運動を直接見聞し、多くのことを学ぶことができた。

長崎県佐世保市にある佐世保基地は、アメリカ海軍の基地で、佐世保湾内に軍艦が多数停泊していた。佐世保湾の水域の約83%は、米軍の使用を優先する制限水域になっており、民間が制限なく使用できる水域は、残り17%しかない。

市民が普段生活する生活圏にも軍事基地が存在する。バスに乗って一般の道路を走行しているとフェンスに囲まれた緑色の建物が目に入る。フェンスの看板には「米海軍基地区内です。許可なく立ち入ることを禁じます」と書かれている。周囲の道路は、アメリカの軍用車が出入りしやすいように幅広く整備され、日本にいるのにアメリカの領土のような雰囲気だった。

雅広は、核兵器についてネットで調べてみた。1945年8月6日広島に、9日長崎に原爆が投下された。二つの都市は一瞬にして廃墟と化し、その年のうちに約21万人もの尊い命が奪われた。1954年3月ビキニ水爆被災事件をきっかけに、核兵器の廃絶を求める「原水爆禁止署名」が全国で取り組まれ、原水爆禁止を求める国民の声を背景に、1955年8月、広島で第1回原水爆禁止世界大会が開かれた。

核保有国による核軍縮交渉は紆余《うよ》曲折《きよくせつ》し、遅々として進まず、現在、アメリカ、ロシア、中国など9カ国が保有する核兵器は、世界で1万3800発も存在する。

しかし、核兵器廃絶を求める市民の声は、世界の大きな流れとなり、核兵器を包括的に禁止する「核兵器禁止条約」が、被爆者や核兵器廃絶を求める法律家、科学者などの努力により２０１７年国連で採択された。批准国が50カ国を超えると発効するので、世界で努力が続いている。大会の議長団から、現在のところ25カ国が批准したと報告された。ところが、世界で唯一の戦争被爆国である日本が、この条約に参加していない。アメリカの核の傘に守られているのが理由らしい。核兵器を使った戦争には、勝者がなく人類の滅亡につながるというのは、多数の人が認識している。平均年齢が82歳を超えてなお、運動の先頭に立つ被爆者の姿を見て、正しい道に一歩を踏み出す勇気を持ちたいと雅広は思った。

雅広が不当解雇されてから、1年となる２０１９年10月末、「支援する会」では、ＪＥＣ本社とＪＥＣＤＳ湘南テクニカルセンターに対して、不当解雇撤回を求める要請行動を行った。ＪＥＣ本社前の要請行動は、前回と同様に大型宣伝カーが道路に横付けされ、杉平のトランペット演奏でスタートした。斉田委員長、浜崎弁護士と総労連の代表が、それぞれ拉致事件を告発、裁判の状況を紹介し、不当解雇撤回を訴えた。

雅広は、最近、街頭やネットで、ＪＥＣの「我が社は、オリンピック・パラリンピックを応援しています」というＣＭや広告を目にしていた。そのたびに、胃液が逆流するような不快感に襲われていた。ＪＥＣは、東京オリンピックゴールドパートナーだ。その契約金は、１５０億円以上と言われている。オリンピック・パラリンピックは、言うまでもなく、世界の平和を実現し、人間の尊厳を守るためにスポーツを役立てることを目的に開催するものだ。ＪＥＣは社会の安全、安心を効率的に支える製品の分野で貢献し、社員ひとりひとりが誇りと情熱を持ち、世界最大のスポーツイベントである東京2020大会の安全・安心を支えていきますと宣言している。そのゴールドパートナーが、セクハラ、拉致、不当解雇を行っているというのは、矛盾の極致だ。JEC行動規範等で人権尊重をうたっていることもそうだ。ウソはいいかげんにして、言うことと実際にやることを同じにしてほしいと思う。

雅広は、マイクを握って怒りを込めて訴えた。

「JECは東京オリンピック・パラリンピックとゴールドパートナー契約を結んでいます。私もJECグループの人間として誇りに思っています。しかし、ゴールドパートナーになるからには求められるものがあります。国連やILOが定める環境・人権・労働などに関する条約の順守が求められます。JECの職場の実態はどうでしょうか？　パワハラ・セクハラ、拉致、職場復帰拒否、退職強要、休職期間満了で解雇。こんな身勝手極まりないハラスメントの解雇が行われました。何がゴールドパートナーですか！　やっていることはブラック企業そのものではありませんか！　ゴールドパートナーにふさわしい対応をとっていただきたい。私はJECに不当解雇を撤回させるまで、闘い続けます」

コロナ下の闘い

2019年暮れに中国で発症が報告された正体不明のウイルスによる感染症が、年が明けると日本でも確認された。都内の個人タクシーの組合支部が、新年会を屋形船で開き、その参加者の中から熱などの症状を訴える人たちが出て、新型コロナの集団感染と確認された。2月上旬には、新型コロナウイルスへの感染が確認された香港の男性が乗船していた日本発着のクルーズ船が、横浜に寄港した。クルーズ船には、乗客およそ2700人、乗組員は1100人も乗っていた。クルーズ船は、沖合に検疫で停泊となったが、船の狭い空間に閉じ込められた人々から、次々と感染者が確認され、全員が下船できたのは、1カ月後だった。政府の感染対策が不十分だったと国内外から批判された。

新型コロナ感染症の報道に接した人々は、まず、マスクや消毒液の入手に走った。その結果、医療機関でもマスクが不足してしまう事態が生じ、一般市民のマスク入手は極めて困難となった。そこで、政府は布製マスクを各世帯に2枚ずつ配布することを決定した。時の首相の経済政策をもじってアベノマスクと呼ばれたマスクは、不織布マスクよりも小さく、異物混入が多数報告され、全戸配布が完了した頃には、需給バランスが改善していて結局役に立たなかったとの批判の声が相次いだ。また、首相が突如、全国の小中高校を春休みまでの約1カ月休校にする要請を行ったので、教師は休校中の子どもたちへの教材準備に追われ、保護者、特に母親は休校中の子どもの面倒を見るために仕事を休まざるを得なくなり、悲鳴を上げた。

政府による4月7日からの緊急事態宣言発出の情報が流れると、会社とJEC労働組合の労使協議で、ロックダウンの場合、原則として自宅勤務とし、自宅勤務できない場合は、月収の7割を補償することで合意した。ユニオンの組合員は、JEC組合の労働組合員でもあるので、「ロックダウンという表現は不適切ではないか。また、なぜ7割なのか」とJEC労働組合に質問を投げかけた。

労働協約では「会社の責に帰すべき事由により休業した場合は、賃金相当額の8割を支給する。前項以外の事由により休業した場合は、7割を支給する。前2項の場合であっても重大な事情の変更等真にやむを得ない場合は、会社及び組合は協議して別に定める」となっているからである。

政府の緊急事態宣言発出に先駆け、社長から全員通知メールで、首都圏、大阪府、兵庫県、福岡県で勤務、または居住するJECグループの従業員、派遣会社社員、構内作業者に対して、4月8日から5月6日までの勤務に関する次のような指示が出た。
一、全員自宅勤務とする。
二、社会機能を維持するための業務についているものは、上司が本人に健康状態を確認し、業務遂行を指示された場合に、当社拠点、もしくは客先で業務を行う。
三、在宅での業務が不可能な場合は、自宅待機とする。
ユニオンのJEC分会では、感染拡大を受けて直近の会議は中止したが、すぐに事務所とメンバーの自宅をオンラインで結んで分会会議を開くように手配した。ユニオンでは以前から遠隔地のメンバーとコミュニケーションソフトSkypeを使って会議を行っていた。雅広のパソコンは、webカメラがついていないので自分の映像は提供できないが、音声はつながるので、会議には特に支障はなかった。毛利、渡里、小宮が事務所で参加した。

オンラインの会議に慣れていない人もいて、最初はなかなか参加者からの発言が出ず、司会をしている小宮が困っていたが、現職組合員の近況を出し合う中で、討論がかみ合ってきた。

「テレワークの状況は、どんな具合ですか」

小宮が質問を投げかけると、ミュートを解除してまず発言したのは、緒方だった。

「ＪＥＣでは3月以降、約8割の社員が在宅勤務、テレワークになっているそうです。社長から全社に指示が出ていますから、かなり徹底されています」

汐見も、ＪＥＣの子会社であるＪＥＣ通信システムでもテレワークが大半だと、緒方の発言に同意して続けた。

「2月に、オリンピック・パラリンピックの期間中、交通渋滞になるからとテレワークの実験をしていたのが、コロナ対策で生きることになったのは、皮肉なものだ。けれど、テレワーク中の仕事の成果が上司に認められないと、評価が下がるなあ。もともと僕なんか、共通業務という雑用のような仕事だから、自宅待機のようなもんだし。それにしても、一日中自宅で仕事をするとなると、ちゃんとした机と椅子がほしいなあ。今のは、食卓と兼用だから」

前田からは切実な近況が報告された。

「完全な村八分状態です。10人のチームで、コミュニケーションツールに私だけ入れません。つまり、オンライン会議に参加できないのです。だから、仕事ももらえません。部長に仕事を下さいというと、マネジャーに言っているというけど、マネジャーは全然私には、声をかけてきません。仕事をもらえなければ成果も出せません。評価も最低で、給料も下げられました。仕方ないので、自宅で新しいソフトの勉強をしようと思って、今のパソコンではスペックが足りないので、自分で新しいパソコンを組み立てようとしています。せめて、ディスプレイを支給してほしい。テレワークで、電気、エアコン、ネット通信、電話代が全て自腹になるのはおかしい。補償してもらいたいです」

前田は、2012年の1万人リストラの時に、10回も退職強要面談を受けた。ユニオンに加盟して、共産党議員の国会質問でも取り上げられ、退職強要はなくなった。ただ、その後はまともな仕事が回って来なくなったとこぼしていた。団体交渉で改善を要求すると、差別はしていない、スキルや経験に応じて適切な業務を割り当てていると答え、直後は簡単な仕事が与えられるのだが、すぐに干されてしまうのだ。だが、黙っていれば、会社は諦めたと思うだろう。決して諦めず、声をあげ続けるしかないのだ。

分会では、すぐに対策会議を開き、団交を申し込んで、改善を要求することになった。毛利やJEC分会の中心メンバーは、そちらの取り組みもある。毛利が多忙なので、雅広も自分の争議に関しては、できるかぎり自立して行動しなければという意識が高まった。

テレワーク（在宅勤務、サテライトオフィス勤務、モバイル勤務）を行う上で指針となるのが、厚労省が策定した「情報通信技術を利用した事業場外勤務の適切な導入及び実施のためのガイドライン」である。ユニオンでは、自宅等でテレワークを行う際の作業環境のガイドラインの要約（照明　机上は300ルクス以上、室温17～28℃、湿度40～70％など）を掲載してビラで配布することにした。

また、テレワークのために増えた家計の負担（電気、エアコン、ネット通信、電話代等）について、武蔵製作所が月３０００円、志摩通が月５０００円の補償をしていると電機他社の対応を具体的に調査して、ＪＥＣも労働者負担を補償すべきだと主張した。

コロナ感染の拡大で、社会が浮き足立ってきた時に、雅広にとって、驚きのニュースが飛び込んできた。ＪＥＣがＪＥＣディスプレイソリューションズの株式66％を、リーファに譲渡するというのだ。リーファは、大阪に本社を置く電機メーカーだが、経営の失敗により台湾に本拠を置く外国企業の支援を受けて、日本の大手電機メーカーとして初の外資傘下の企業となっていた。

「そうすると、ＪＥＣＤＳは、台湾企業の孫会社になるんですか」

雅広が毛利に尋ねると、最初は驚いていたが、すぐに落ち着きを取り戻し、冷静に答えた。

「そういうことになるな。問題は、裁判への影響だが、ＪＥＣも株を全部手放すわけじゃないから、たぶん、ＪＥＣが解決まで責任を持ってやることになるだろう」

毛利の説得力のある言葉に、雅広も安心したが、親会社が替われば、職場にも大きな変化があるに違いない、職場の人たちは大変だろうなと思った。

コロナ感染の拡大は、雅広の裁判闘争にも影響を及ぼした。ＪＥＣ本社、事業場、ＪＥＣＤＳの門前で行っていた宣伝活動は、緊急事態宣言下では自粛することになり、4月、5月、6月は中止となった。また、裁判所で5月に予定されていた口頭弁論が、8月に延期になり、傍聴人は半分に制限された。さらに、裁判長と左陪席裁判官が異動になったので、更新裁判が必要になり、裁判は長引くことになった。

緊急事態宣言が発出されて、予定していたイベントが中止になった。朝、雅広は、洗濯物を干し終わって、窓から外を見た。空は人間界の混乱をあざ笑うかのように、青く晴れ渡っていた。部屋の隅に置いてある釣り竿が目に入った。そうだ、久しぶりに海に釣りに行こう。テニス部から締め出されてテニスができなくなった今となっては、釣りは雅広の一番の趣味だった。魚が釣れれば食料にもなるので、まさに実益を兼ねた趣味だ。急いで準備をしているとスマホが鳴った。あちゃ、ユニオンで急用かなと、覚悟して見てみると、磯部だった。そう言えば、去年の正月に会ったたっけ。なんだろうと思いながら電話に出た。

「ご無沙汰。今、大丈夫か」

「ああ、今日は、時間があるから、釣りにでも行こうかと思っていたところ、何」

釣りと言ったところで、磯部が食いついてきた。

「いいなあ、どこでやるの」

磯部も、いっしょに行きたそうな声で言った。

「別に決めていないけど、自転車で行ける範囲だから、酒匂川河口近くの磯で釣ろうと思っているけど」

「近いじゃん。俺、車で行くから、行っていいかな」

「別にいいけど、釣りの道具持ってるの」

「いや、俺は、海を見て、気晴らし」

「ふーん、まあ、いいけど。じゃ、場所は、電話で知らせるから」

急に何だろうなと思った。優しそうな奥さんとかわいい息子に恵まれて、自分とは別世界に住んでいる磯部とは、もう会うこともないと思っていた。

釣り道具を入れたバッグを背負うと雅広は自転車に乗って、酒匂川のサイクリングロードに出た。このまま、川に沿って下っていけば、海に出る。川岸に植えられた桜は、最後の花びらを風に散らしていた。箱根の山の上に、少し雲がある以外は、真っ青に晴れている。雅広は、力いっぱいペダルを踏み、自転車は快適に走った。

河口付近の海岸についた。近くに駐車場もあるので、磯部が車を置くこともできるだろう。浜辺には、もう、たくさんの釣り人が、一定の間隔を開けて、竿を立てている。海風が吹くし、大声で騒ぐわけではないので、コロナ禍の楽しみとしては、一番釣りが適しているのかもしれない。雅広も一番端っこに自分の場所を確保した。穏やかそうに見えて、やはり太平洋の波は激しい。寄せる波は、なぎさに打ち付けて白く泡立ち、しぶきを散らす。

雅広が、浜に腰を据えてから、30分ほどして、ようやく磯部が現れた。

「悪い、悪い、なかなか車を止める場所がなくて」

磯部は、紺のウインドブレーカーを着て、白いゴルフキャップをかぶっていた。磯部らしく抜かりなく用意した床几《しょうぎ》を砂浜において腰を下ろした。

「今日は、１人？」

「ああ、嫁は、子どもを連れて、実家に帰っているんだ。もう、半年になる」

雅広は、驚いて磯部を見た。磯部は口角をあげて笑おうとしたが、目には疲労の色が浮かんでいた。今日、電話をかけてきたのは、それかと雅広は合点した。半年になると言ったのは、どうしたらいいか助言を求めているんだろう。そうでなければ言わないはずだ。

「へえ、そうなんだ。それは、大変だね。どうしたの」

雅広は、今日の釣りは諦めないといけないないなと思いながら聞いた。

「去年の正月に初詣で会った時、うちの息子を見ただろう。実は、医者から発達障害だと言われてね。嫁は、すごくショックを受けて、すっかり落ち込んでしまって。今は、嫁の方の対応が大変なんだ」

「発達障害って、具体的には、多動症ってこと」

「うん、ADHDって言われた。うちのは、多動・衝動優勢型らしい」

「発達障害で、僕に相談ということは、僕の状況を知っているんだろう」

雅広は、竿の先の動きに目をやりながら、何気なく聞いた。磯部は取り繕うそぶりを見せたが、すぐに正直に答えた。

「高校のクラスメートから、植草が裁判しているって聞いた。それで、ネットで検索したら、ホームページが見つかったから、全部読んだよ。大変だったな。でも、正直、植草が裁判やるなんて、信じられないよ」

「自分でも、信じられない。僕が、宣伝カーの屋根から演説するようになるなんて。それで息子さんのことだけど、僕に言えるのは、発達障害っていう言葉、最近よく使われているけど、発達障害の検査ができるのは認定された所だけなんだ。僕の場合も会社から発達障害ではないかと言われたけど、日本で一番の先生に見てもらったら、発達障害とは言えないと診断された。だから息子さんも、ちゃんとした所で、きちんと検査してもらった方がいい。セカンドオピニオンを求めたいと言えば、今の主治医が紹介状を書いてくれる。それと、たとえ発達障害であったとしても、そういう障害者も安心して働ける職場をつくるのが、社会の役割なんだ。それは、国連が作ったビジネスと人権に関する指導原則って決まりにうたわれていることなんだ」

雅広は、ちょっと自分でもしゃべりすぎたと思い、言い終わって照れ笑いを浮かべた。磯部は、目を丸くしていた。

「おまえ、すげーな。そんなこと考えているんだ。なんか、別人みたいだ。高校の頃と比べて」

磯部に言葉を返そうとした時、竿の先が揺れて、魚がかかったのが知れた。

雅広が、慌ててリールを回したら、小さなアジがあがってきた。

「これは、ありがたい。今晩のおかずだ」

雅広は、針から魚を外しながら喜んだ。

「おまえ、ちゃんと食べているのか。何か俺にできることあるか」

磯部から心配そうに聞かれて、雅広ははっと気づいた。バッグから、いつも持ち歩いている署名用紙を出して、磯部に差し出した。もしかしたら、署名をもらえるかもとバッグに入れておいてよかった。

「これ、裁判所に提出する署名なんだ。署名してくれると、うれしい」

「お安いご用だ。これから嫁のところに行って、話し合ってくる。嫁も署名してくれるよ。きっと」

「じゃ、支援する会に入ってくれると、もっとありがたいんだけど」

争議者は、こういう場合、遠慮してはいけないと毛利から常々言われていた。どうしても雅広は、ずうずうしいのではないかと躊躇してしまうのだ。磯部は笑って「嫁にも勧めるから」と受け取ってくれた。磯部は、砂に腰を下ろして海を眺めながら言った。

「実は、嫁が落ち込んだのは、息子がＡＤＨＤって診断されたこともあるけど、彼女が高校時代から親しくしている友だちに息子のことを打ち明けたら相手が引いてしまって、それがショックだったらしいんだ。俺もおまえとは古い友人だ。おまえの状況を知った上で、助けに行かなかったら、俺も友人失格だと思った」

雅広も並んで海を眺めながら、温かいもので胸が満たされる思いがしていた。磯部は話を続けた。

「中学の時、お金がなくなった事件があったろ。体育の授業で体調が悪くて教室に戻った俺が疑われた。騒ぎだしたやつは、体育の授業の前にはあったと言うから、当然、みんなから俺が疑われた。あの時、おまえは俺の味方になってくれた。なくなったと言う奴に、何度ももっと捜せと言ってくれて、そうしたらかばんの中から出てきた。机の中に入れたけど心配になってかばんに戻したのを忘れていたんだって、頭にきたよ」

雅広はすっかり忘れていたが、そんなこともあったなと思い出した。

磯部は、「支える会」にも加入してくれた。雅広は、磯部夫妻の署名も含む、５００筆以上の個人署名を、団体署名と共に裁判所に提出した。

証人尋問

２０２０年8月の口頭弁論で、証人申請を行うことになった。弁護団では証人として、雅広と拉致現場を目撃した雅広の父・和夫、それに精神科医の矢部医師、及びユニオンの毛利を証人申請しようと話し合った。

「問題は、お父さんの和夫さんですが、証人を引き受けてくれますかね」

浜崎弁護士に聞かれて、雅広は返答に困った。

「この前、電話して証人になってほしいと頼んだんですけど、やりたくないと言っていました」

正直に答えるしかなかった。

「でも、拉致の現場を目撃している人で、植草さんが宙づりにされて運ばれてきたと証言をしてくれるのは、ご両親だけですよね」

「そうなんですが、父親は人前でしゃべるのが苦手なので、証言で失敗して、それが判決に影響することを心配しているようなんです」

「お父さんの気持ちはわかりますが、裁判にとって重要な証人ですので、なんとか証人を引き受けてくれるように、植草さんから説得してもらえませんか。私も同席しますので」

雅広も証人の重要性は理解していたが、あまり真剣に父と話していなかった。いよいよ、決着をつける時がきたのだと覚悟を決めた。

「とりあえず、今週実家に帰って、父に頼んでみます。父が弁護士さんに聞きたいことがあれば、電話しますので」

雅広は、忙しい浜崎弁護士に、わざわざ家まで来てもらうことは申し訳なかった。

「いや、ここは弁護団として、誠意を見せないといけない。それに、法廷で初めましてというわけにもいかないので、一度お宅に伺わせてください」

浜崎から強く要望され雅広も受けざるを得なかった。主任弁護士が、挨拶と証人のお願いに行くからと雅広が電話で伝えると、父は「そうか、わかった」とだけ答えた。

その日雅広は実家の最寄り駅に浜崎を迎えに行った。改札を出てきた浜崎はお菓子の紙袋を提げていた。気を使わなくてもいいのにと思ったが、社会常識を外さないのも弁護士の条件なのだろうと納得した。

玄関を開けると、父が背広を着て待っていた。挨拶が済むタイミングで母が、よそ行きの顔をしてお茶を運んできた。母のすまし顔に雅広は噴き出しそうになるのを必死でこらえた。

浜崎が、裁判の状況、意義を伝え、「ぜひ証人をお願いします」と頭を下げると、父は「わかりました」と一言、答えた。雅広は、思いがけない父の返事に、思わず聞き返した。

「えっ、証人、やってくれるの。前に相談した時は、嫌だと言っていたじゃない」

「やります。親としての務めだと思いますので」

父は、きっぱりと言うと、口を一文字に結んだ。

「ありがとうございます。今日来たかいがありました」

浜崎は率直に喜びを表し、頭を下げた。浜崎が実家に滞在したのは、わずかな時間となった。浜崎を駅まで送って、雅広は実家に戻った。

父は背広を脱ぎ、ジャージーに着替えていた。雅広は、他人行儀な気もしたが、父に頭を下げて礼を言った。父はソファにもたれ、天井を見上げて、目を細めて記憶をたどるようなしぐさをしてから話しはじめた。

「1986年だったか、国鉄が民営化される時、日頃、顔を合わせることのない幹部に会議室に呼び出された。相手は2人。民営化に賛成するか聞かれた。踏み絵だと思った。古くからの同僚は国労でがんばっていて、民営化に反対していた。本音では彼らの言う通りだと思った。でも、母さんと結婚して長男が生まれようとしていた。だから民営化賛成ですと答えた。それで、なんとかJRに残れて、おまえたちを育てることができた。国労に残った同僚は、闘い続けた。父さんが退職する前の年に和解して終わったが、25年も続いたんだ。ずっと同僚に対して、すまないという気持ちがあった。国鉄とJECで会社は違うが、お上という立場は同じだ。父さんも、同僚に借りを返す気持ちでやろうと思ったんだ」

父の人生の話を聞いたのは初めてだった。もっと前から話をして、いろいろ教えてもらえばよかったと思った。父の意外な一面を見たと思っていたら、最後に父が、ため息をつきながらこぼした。

「でも、本当は嫌なんだよな」

「だめだよ。もう、やるって答えたんだから」

母が、父と雅広のやりとりを、離れたところから、あきれ顔で見ていた。

２０２０年8月の口頭弁論では、雅広、毛利書記長、雅広の父親の３人の証人申請が行われ、各陳述書が裁判所に提出された。また、矢部医師の弁護士から「尋問の必要はない」との意見書が提出された。

２０２１年4月20日、左陪席裁判官が交代したことによる更新弁論と証人決定が行われた。雅広は、ＪＥＣＤＳへの入社から休職、退職へ追い込まれた経緯を簡潔に述べ、ＪＥＣＤＳの不法行為を指摘した。最後に、雅広は力を込めて裁判官に訴えた。

「今回のような会社の復職拒否や医師の診察がまかり通れば、私だけでなく、一度精神疾患を発症した多くの労働者は、復職の道を閉ざされることになります。裁判所におかれては、本法廷において明らかにする事実を真摯に受け止め、労働者が安心して復職できる環境を守るため、厳正なる判断をお願い申し上げます」

林弁護士は、ＪＥＣＤＳが２０１５年12月18日に引き起こした拉致事件について糾弾し、「強制排除行為は、刑法２２０条の『逮捕』にあたり、当該行為は原告を肉体的にも精神的にも深く傷つけるものであって、原告の人格権を侵害し、民法上も違法性を有する」と強調した。また、林弁護士は雅広を休職事由とした適応障害は回復していたこと、発達障害ではないことが客観的に証明され、そのことに伴って被告ＪＥＣＤＳの主張が変遷していることを指摘し、「被告ＪＥＣＤＳのこのような荒唐無稽な主張は、労働者のための休職制度を悪用し、退職させることありきで、健全な労働者を病人扱いして排除するものであって、断じて許されない」と強調した。

船元弁護士は、被告の矢部医師が行った診断経過と雅広の復職拒否・解雇の深い関連性を指摘し、「被告矢部医師の精神科医としての注意義務違反は明白」と述べた。さらに、矢部医師が「発達障害」と診断していないと主張していることから、「被告矢部医師に対する本人尋問は欠かすことができないので、証人採用が認められるべきです」と要請した。

意見陳述の後で証人の採否に移り、裁判長は、原告側は、雅広、雅広の父親、会社側は、財津を認定することを告げ、毛利書記長は却下された。矢部医師は保留となった。証人尋問は、次回の6月に開かれることになった。

２０２１年6月22日火曜日、証人尋問の日を迎えた。Ｙ地裁の５０２法廷は、10時半に開廷した。

出席者一同が起立して見守る中、法壇の扉が開き、黒い法衣を着た裁判官が入場した。礼をして見上げると、裁判長が女性に代わっていた。

冒頭、会社側の弁護士が発言し、原告の資料は金曜日に完成していたはずなのに複写して郵送できなかったのか、ＦＡＸで送られてきたが、判読しがたいと非難した。こちらの不手際なので謝罪するしかないが、読めないのなら、その時点で連絡してくればいいものを、わざわざ法廷で指摘するのは、落ち度を攻めて、証人の動揺を誘うという法廷闘争の駆け引きのひとつなのだろう。雅広は平常心を保とうと、深い呼吸をした。

最初は、父・和夫の証言だ。財津は別室で待機するために、法廷を退出した。和夫は、浜崎弁護士と対面した時と同じ黒っぽい色の背広を着て、証言台に着席した。

裁判長が、「住所、氏名、職業、年齢は証人カードに記載したとおりですね？」と聞いたので、和夫は「はい、間違いありません」と答えた。裁判官に「宣誓書を朗読してください」と言われて、和夫は「宣誓、良心に従って真実を述べ、何事も隠さず、偽りを述べないことを誓います」と朗読した。

まず、原告側の弁護士、船元が尋問にたった。船元は和夫の陳述書について確認し、陳述書に基づいて尋問を進めた。ここは、事前に練習をしているので、和夫は落ち着いて答えていた。

焦点の、2015年12月18日に雅広が職場から連れてこられた時の状況について、和夫ははっきりと証言した。

「駐車場で車に乗って待っていると、雅広が4人がかりで宙づりにされて運ばれてきました。雅広を持っていなかった人が車のドアを開け、他の人たちがつったまま頭から無理に突っ込みました」

「人間を運んでいる感じじゃない、まさかこんなひどい暴力的な連れ出され方をされるとは思わず、雅広が不憫でした」

次に、会社側の弁護士からの尋問に移った。若い弁護士は、丁寧な口調だったが、じわじわと獲物を追い詰める意地悪さを漂わせていた。

「2015年12月18日、あなたは健康管理室での面談に出席しましたね」

「……はい」

どんなわなが仕掛けられているか、警戒した和夫は、返事が遅くなった。

「そこには、財津さん、多田さん、奥さん、植草雅広さんがいましたよね。産業医の先生はいましたか?」

弁護士は、和夫の記憶力の怪しさを印象付けて、和夫の証言の信頼度を下げようとしていた。和夫は、うつむき加減に固まって、必死で思い出そうとしていた。そして、ついにあきらめたように「わかりません」と答えた。

続けて、相手弁護士が問いただした。

「息子さんを家に連れ帰った12月19日以降、あなたは会社に対して息子さんの扱いについて、抗議をしましたか」

「いいえ、していません」

答えた後、和夫は、唇をかみしめていた。そこには親としての務めを怠ったことを突かれた自責の念が垣間見られた。約15分の反対尋問を終えると、和夫は疲れ切ったように、肩を落として法廷から出ていった。

雅広は、すぐに父に駆け寄り、「お疲れさま、よかったよ」と声をかけたかったが、間もなく自分の番だった。

同じように、宣誓書を朗読した。浜崎弁護士と練り上げた質問と応答が始まった。雅広が担当した業務内容や職場でのコミュニケーションについて明らかにした後、強制排除問題に進んだ。

「2015年12月18日午後3時ごろ植草さんは、どこにいましたか」

「職場の湘南テクニカルセンター3階の自席で通常通り、業務を行っていました」

「その際、何が起こりましたか」

「突然、田辺部長が『十津川君と池永さん、植草君を1階の正面玄関へ』と発言し、池永マネジャーは私の左側に立って、正面玄関へ行くことを求めました。わけがわからず、仕事を続けたいという思いもあったので、私が池永マネジャーの求めに応じないでいると、池永マネジャーとエキスパートの十津川さんが2人で私の両腕をつかみました。このとき、同僚の島津さんも『自分の足で立ちな』と言って、私に起立を強要しました。池永マネジャーは十津川さんと2人で『いちにのさん』とかけ声をかけて左腕と右腕をそれぞれ抱えて私を無理やり立ち上がらせました。座れないように椅子を後ろに引かれ、背中を強く押された上で、強制的に職場出口に向かって歩かされました」

浜崎弁護士から雅広への主尋問は続いた。

「職場出口付近で植草さんはどのように対応しましたか」

「私は、近くにあったパーティションに両手でしがみつきました」

「しがみついた植草さんに対し、池永マネジャーはどうしましたか」

「私をパーティションから引きはがそうと、両脇を強く引っ張りました。私の体勢が崩れたところで、他の社員2人が私の左脚と右脚をそれぞれ抱え、宙に浮かせたのです」

「どのように宙に浮かせたのでしょうか」

「池永マネジャーが私の左腕と腰のベルトをつかみ、エキスパートの十津川さんが私の襟首と右腕をつかみ、他の社員が私の左足を抱え、別の社員が私の右足を抱え、私を宙づりにしました」

「宙づりにされた後は、どうなりましたか」

「廊下へ出て、田辺部長が後ろで監督する中、宙づりのまま正面玄関方向へと運ばれました」

「宙づりで運ばれる間、植草さんの顔はどの位置にありましたか」

「私はえび反り状態にされ、顔は床面すれすれの位置にありました」

「そんな状態で、植草さんはどう感じていましたか」

「けがをするんじゃないか、下手したら、頭を床に打ちつけて死んでしまうんじゃないかと怖かったです」

「宙づりで運ばれる間、植草さんは何もせず応じていたのでしょうか」

「怖さで動けなかったのですが、『なんでだよ』、『努力しているのに……』、『なんで……』と何度も抵抗の意思を表明していました」

「これは当時の録音記録の反訳ですが、２分26秒以降にあるように『努力しているのになんで』とか『仕事も飲み会もあるんですけど……』など、抵抗の意思を表明し続けていたんですね」

「はい」

「宙づり状態で正面玄関へと運ばれた後、何が起きましたか」

「待機していた私の両親の車の後部座席に頭から突っ込まれ、車に乗せられ、職場から排除され、実家へと帰らされることになりました」

雅広の心に、当時の屈辱がよみがえった。

浜崎弁護士から雅広への主尋問はさらに続いた。

「そのような強制排除行為を受けて、植草さんはどう思いましたか」

「一緒に働いていた仲間ともいうべき同僚に、まるで物を扱うように宙づりにされ、完全に身動きを取れなくされ、つらかったです。なぜ、職場から排除されなくてはならなかったのか、今でも不当に感じています」

最後に、意見を求められた雅広は、まっすぐ裁判官席に向かい、心を込めて訴えた。

「私は、会社での仕事において適応障害を発症し、休職し、適応障害から回復してもなお復職を拒まれ、退職に追い込まれました。ただ一生懸命に働いて、会社からの指示でメンタルクリニックの受診やリワークプログラムの受講、通勤トレーニングなどを行ってきましたが、全く報われず退職扱いにされ、私は会社に裏切られたと思っています。同じようなやり方で多くの人が辞めさせられていったかと思うと、悲しみとそれ以上の怒りが湧いてきます。自分のためにも、そして同じように辞めさせられていった他の労働者のためにも、会社の不当な復職拒否を許すことができません。会社は私を適応障害で休職させていたにもかかわらず、後になって発達障害に罹患していると主張し、その主張が認められなくなるとコミュニケーション能力不足だなどとして主張を二転三転させています。これは、労働者を軽視していると言わざるを得ません。また、指定医の矢部医師は必要な検査を行わず、私を発達障害と決めつけた。矢部医師は、病気について無知な患者に対し、医者という優位な立場を利用し、会社の意をくんでそうしたのです。なぜ、精神科の医者に心を傷つけられなければならないのか。傷を癒やすのが医者の役割ではないでしょうか。今回のような不当な復職拒否や不当な診断がまかり通れば、世の中の労働者は安心して働けません。裁判所におかれましては、会社の不当な復職拒否の事実、被告矢部医師の不当診断の事実を受け止めて、公正な判断をされたいと願います」

裁判長がうなずきながら聞いてくれたのが、印象に残った。会社側の反対尋問は、おおむね想定された範囲だったので、落ち着いて証言できたと思った。証人尋問は、自分の側に、少しでも有利な証言を引き出し、裁判官に好印象を持ってもらうための、手練手管の限りをつくした闘いだ。しかし、真実がやはり一番強いのだ。

財津への会社側弁護士の尋問に続いて、反対尋問に、橘弁護士が立った。反対尋問中に、相手方代理人から、「異議あり。それは質問なのか、意見ではないのか」という抗議が、何回も出た。質問を邪魔して、被告証人を援護しようという意図が感じられた。

雅広が職場から排除された時の状況について質問された財津は、「雅広さんのお父さんの自動車越しに見ました。植草さんは、2人から抱え込まれていました」と答えたが、2018年に電機労働者ユニオンと行った第4回、第5回団体交渉では、「植草さんの両親を呼びに行っていたので、事件の模様は見ていない、後日に職員の誰かから聞いた」と答えていた。明らかに矛盾している。どちらかがウソなのだ。

橘弁護士が、2015年の産業健康記録を引用しながら、

「記録によれば、本部長が本人へのマネジメントに問題、つまり会社に問題があった結果ではないかと発言する。これに対して、大人の発達障害について説明する。特性であり時代によっては

病気として認識されない可能性もある。それでも本人や家族が特性として自覚して社会適応するリハビリが必要で、そのためにも受診は必要と記載されています。本部長らに、説明をして記録したのは蓮田看護師ですよね。これを契機に、植草さんが『大人の発達障害の疑い』という方向で話がまとまったという理解でよろしいですか」

と質問したのに対して、財津は「特にここで話をまとめたわけではございません」と逃げたが、蓮田看護師の一方的な思い込みに、会社も医者も乗ってしまったというストーリーは説得力があった。

また、復職を拒否した医学的な根拠について橋弁護士が「何らかの精神疾患とは何か」と質問して、財津と問答をかわした。

「私は医者ではないから、詳しいことはわからない」

「その病気の治し方は知っているのか」

「私は医者ではないから、わからない」

「植草さんの病気の状態がわからないまま、復職を認めなかったのか」

「会社が判断した」

雅広が受けた発達障害の検査結果に基づき、市村医師が明確に発達障害を否定したので、会社は復職拒否の医学的根拠を失い、破綻していることを財津の支離滅裂な答弁が物語っていた。

要請行動

２０２１年10月27日、ＪＥＣ本社前にＪＥＣのＯＢ杉平のトランペットの音が鳴り響いた。雅広が不当解雇されてから3周年、不当解雇撤回を求める要請行動が、ＪＥＣ本社前で開催された。主催者挨拶を行った電機労働者ユニオンの斉田委員長は、植草さんの休職からの復職が、大谷社長と私とのトップ会談で実現寸前であったが、ＪＥＣ３０００人黒字リストラとの関連で不当解雇されたことを報告し、「闘いを強め、全国の仲間の支援を受けて、植草さんを一日も早く職場に戻す」と訴えた。

植草裁判を担当する浜崎弁護士は、「ＪＥＣＤＳは、植草さんが正式な検査を受けて発達障害ではないと分かった時点で、職場に復帰させるべきだった。裁判では、ＪＥＣＤＳが植草さんに行った数々の違法行為が客観的に明らかになった。判決を待たずに、植草さんをただちに戻すべきだ」と訴えた。

労働団体の連帯挨拶の後、決意表明に立った雅広は、堂々と本社最上階にいる社長に向かって、確信をもって訴えた。

「受診した医者は、みんな復職可能と言っているのに、医学に素人である会社人事のみが復職不可と言っています。しかも、会社は病名さえも特定できず、治し方も知らないと言っています。このような暴論は、許されません。

ＪＥＣグループの行動規範では、人権を尊重しますと書いてあり、障害の有無を理由とした差別行為やハラスメントを許しませんとはっきり書いています。だから、たとえ、私が発達障害であったとしても、そういう障害者も安心して働ける職場を作ろうというのが、ＪＥＣ行動規範の意味するところではないでしょうか。ハンディキャップを持った人をみんなで支えるべきであって、障害を理由に解雇するのは許されないのではないでしょうか。

本来、病気休職という制度は、労働者が勝ち取ってきた労働者のための制度です。しかし、会社は、それを悪用し、労働者を解雇するための道具にしたわけです。

ＪＥＣは私の不当解雇を撤回し、一日でも早く職場に戻してください。明日からでも働けます」

社前での要請行動後、雅広、労働団体代表、斉田委員長の要請団は、ＪＥＣ本社の会議室で、約40分間にわたり、争議の早期解決を要請した。

政治の流れ

２０２１年10月31日午後8時、雅広はネットで総選挙の開票速報を見ていた。雅広は、もともと政治には無関心だった。選挙にも行ったことがなかった。でも、労働者の労働条件を改善するには、政治が変わらなければ駄目だと気づいて、前回の参議院選挙から野党共闘が伸びることを期待して投票した。前回は、野党共闘が進んで、参議院選挙の一人区でも野党が勝利したところが、10選挙区あった。

今回は、立憲民主党と日本共産党が政権合意を結んで選挙に臨んだので、野党が勝って政治が変わるのではと雅広は期待していた。マスコミの予想も立憲民主党と日本共産党は増えるとの予想だった。しかし、開票が進んでくると、予想外の結果が見えてきた。なんと、立憲民主党は、109議席から96議席に、日本共産党も12議席から10議席に後退した。なかでも、雅広の不当解雇撤回の闘いを支援してくれていた畑野君枝議員が、南関東の比例区で議席を失ってしまったのは、ショックだった。代わりに大きく議席を伸ばしたのは、日本維新の会だった。選挙の結果を受けて、立憲民主党の代表が辞任した。

確かに、世の中の雰囲気が、ちょっとおかしかった。ワイドショーのコメンテーターが、「共産党は『暴力的な革命』っていうものを、党の綱領として廃止していませんから、よくそういうところと組もうという話になるなと、個人的には思います」と発言して批判を浴びた。この手の発言は、与党の政治家たちから、次々に飛び出していた。

また、労働組合の中央組織である連合の新会長が、「これまでも共産の閣外協力はありえないと主張している」と述べ、共産党と協力する立憲に不快感を示していた。連合は立憲民主党の支持団体だ。でも、連合はJEC労働組合みたいな労働組合の寄り集まりなのだから、さもありなんと思う。会社のリストラを受け入れ、退職強要を黙認する。雅広が助けを求めても労組委員長は「会社が、そう言っているなら、うちでは手におえない。うちは、団交はやったことがない」とにべもなかった。

それぞれの応援団がある野党共闘は難しい。でも、この道しかない。いろいろ考えていると頭が混乱してきた。三歩進んで二歩下がる。時には、二歩進んで三歩下がる時もあるだろう。それが、今回の選挙結果なのだと、雅広は、明日からの活動に備えることにした。

監禁された女性労働者

雅広は、事務所に来て時間があったので、「しんぶん赤旗」を手に取った。生活保護で生活しているので、新聞はとっていない。雅広は、電機労働者ユニオンに関係する記事を見つけて読みはじめた。「三つ星電機で女性社員を監視部屋に監禁」というセンセーショナルな見出しだった。女性労働者は２００１年から15年間にわたって出向のたらい回しとセクハラ被害にあい、２０１７年から工場３階の物置部屋を改造したと思われる６畳程度の個室を勤務場所とされ、１人、就労させられていた。部屋の出入り口の廊下には監視カメラが設置され常時見張られていた。まさに、監禁部屋だ。部屋には当初、エアコンが設置されておらず、夏場は扇風機で暑さをしのぐしかなかった。外部と連絡を取る設備は、緊急用のナースコールだけだった。このような劣悪な環境の下、女性は２０１７年の夏場に複数回にわたって倒れ、緊急搬送された。それ以降、エアコンと電話は設置されたものの、電話は総務課のみに通話することができる限定的なものだという。女性労働者は、電機労働者ユニオンにたどり着き、ユニオンは、即、三つ星電機社長に対して、女子労働者の監禁部屋・追い出し部屋および監視カメラを撤去する申し入れを行い、厚労省記者クラブで記者会見を行った。

記者会見には、毛利も出席していたので、手が空いたのを見計らって話しかけた。

「ひどいですね、三つ星電機は。エアコンのない部屋に監禁して、カメラで監視ですか」

「そうなんだ。監視カメラは、男女トイレ前にも設置されていて、女性の出入りもひとりひとり記録していたと告発したら、女性記者ものけぞっていたね」

雅広は、自分も同僚から宙づりにされて職場から排除されるという人権無視の扱いをうけたので、この女性のことが人ごととは思えなかった。

「三つ星電機は、今まで業績が好調で、リストラもなかったけど、最近は、派遣切り、パワハラ、過労死や自殺など不祥事続きだね。長年の検査不正も明らかになって、会社風土の問題なんだろうね。そうだ、来月、三つ星電機の女性労働者を支援する抗議集会を開くから、手伝って」

「はい、分かりました」

雅広は、自分も支援を受けて争議を闘ってきたので、同じ電機の仲間として支援しなければと思った。

請願書

雅広の「支援する会」で、12月23日の判決に向けてY地裁に公正な判決を求める最後の一押しとして「請願書」の提出活動に取り組むことが提案された。

「請願書って何ですか。署名と何が違うのですか」

雅広は基本的な質問で、会議を遅らせることを気にしながら尋ねた。

「請願は、憲法16条で保障された国民の権利なんだ。国民は国または地方公共団体の機関に対して文書で希望を申し出ることができる。請願を受けた官公庁は、受理し誠実に処理しなければならないと請願法で定められている。ただし、請願したからといって特別扱いされたり、回答を得られる保証はない。でも、請願書では請願者それぞれの思いを書き込むことができる」

毛利の説明に、何かしらの解釈をつけて返すのが雅広のやり方だ。

「裁判所は、請願書を受理して読むけど、それ以上は義務付けられてはいないということですね」

「でも、裁判所は世の中の空気を、けっこう気にしている。たくさんの人が請願書を出せば、市民の関心が高いんだと印象付けることができると思う」

「そうですね。やる価値はありますね。それには書き方の説明と見本が必要ですね。それと、誰に請願書を頼むかですね」

「それは、個別に頼むしかないね。一斉メールでお願いしますってわけにはいかない」

まず、毛利が自分の請願書を作って、それを書式の見本として、個別に関係者に頼んで回った。11月11日に雅広を含む4人が、第1次「請願書」を提出した。最初、請願書を提出するだけかと思っていたら、案内された別室の前の方に訟廷官《しょうていかん》が2人座っていて、その人たちに請願者が「請願書」に託した思いを、直接訴えるのだ。

請願書に協力してくれた十数人の中に、同じＪＥＣの現役労働者として、休暇をとって請願書を提出し訴えてくれた汐見と白河もいる。２人とも、ＪＥＣの大量リストラの時に受けた退職強要での暴言で、強い精神的苦痛を受けて食欲不振、不眠、情緒不安定になったと体験を交えて訴えた。汐見が、元は主任だったのが、２段階も降格され新入社員並みにされたことを訴えると、同じ組織人の訟廷官にも響いたような気がした。雅広は、現役の２人が、仲間として、いっしょに闘ってくれているということに心を揺さぶられた。

ＪＥＣ分会

コロナ感染も落ち着いてきて、ＪＥＣ分会は事務所への集合が呼びかけられたので、雅広は事務所に行った。オンライン出席の人もいた。午前中の討議では、ＪＥＣの労使で検討されている「ジョブ型雇用」が議題になった。いきなり、「ジョブ型雇用」と言われても、参加者の大半は、何のことかわからず、面食らっていた。そこで、ＪＥＣ労協の末野が、資料を使いながら説明してくれた。

「ジョブ型雇用に対して、従来の日本の雇用は、メンバーシップ型雇用と言われている。メンバーシップ型雇用では人に仕事がつく。新卒一括採用で入社したら、職務も勤務地も会社が決め、入社後に転勤や部署異動をしながらキャリアアップしていく。終身雇用で、年功に応じて賃金が上がる。解雇の観点で言えば、法律上、社内で配転可能な部署がある限り、解雇は難しい。それに対して、ジョブ型雇用は、仕事に人がつく。会社が人を採用する際に、職務、勤務地、時間などの条件、これを職務記述書と言うんだけど、それを明確に決めて雇用契約を結んで、雇用された側はその契約の範囲内で働くことになる。もともとアメリカなど海外では、ジョブ型雇用が主流なんだ。で、今何でジョブ型雇用を導入しようとしているかというと、一九九〇年以降、グローバリゼーションの進展で、日本企業は国際的な競争にさらされている。変化の時代に対応するには、タイムリーに組織変更を行って、専門性の合致した人材を配置する必要があるということで、そういう人材が社内にいなければ、外部から採用すると言っている。新キャリア形成支援策では、キャリアオーナーシップと言って、自分のキャリア形成は自分で責任持ちなさい、これからは、会社は社員のキャリア形成には責任は持ちませんということらしい。

新キャリア研修プログラムを見ると、新卒入社から40歳までは、従来とあまり変わらない。もちろん自分のスキルは自分で高めなさいということだけど、はっきりしているのは40歳以降ですよね。今後の自分のキャリアの方向性を、社外も視野に検討すると書いてある。職務記述書に書かれているジョブを、社内の公募者や、リファラル採用と言って社員の紹介、つまりコネで採用される外国人や他社の人材と競い合って、負けたら社外へ転職しなければならなくなるらしい。つまり、完全なジョブ型雇用を適用するということだよね」

末野の説明は、さらに続いた。

「役職定年も既に実施されたけど、定年を待たずに他社へ転職させようという、中高年リストラだよね。報酬水準の見直しでは、重要な人材を評価して、市場と見劣りしない報酬水準にすると言っている。でも、総人件費には枠があるから、高度人材に高い報酬を払えば、そうでない人たちは引き下げになるんじゃないかな。そういうキャリア支援をするための新会社が、ＪＥＣキャリアサポートらしい」

末野の長い説明が終わっても、内容を消化しきれない参加者は、資料をめくるだけで、なかなか発言が出てこなかった。

毛利が静寂を破って発言した。

「２０２０年に、経団連が春闘指針の中で、ジョブ型雇用の比率を高めていく方針を示したんだ。それをきっかけに、武蔵製作所や志摩通でジョブ型雇用の導入を進めていると報道されている。ただ、問題点があって、ジョブ型というのは、『社会システム』なんだよね。ジョブを共有できるような、例えば、ジョブに応じた賃金が労働市場で明確化されているとかさ、ほとんどの会社がジョブ型になっているとか、要は流動的な労働市場という社会システムを抜きにして、ただ、仕事に人を就けるよということでは、僕ら流に言うと、いわゆるリストラ施策の一つだと思う。欲張った経営者は、もう儲けの薄い仕事は設定しないよと、だから、そこに就いている人は辞めてもらおうと、そういう考えになるんじゃないかな。だから、今後どういうふうになっていくか分かんないんだけど、かなり雇用が不安定な制度になるということは間違いないと思う。だから、これはニセ・ジョブ型雇用と呼ぶべきだ」

「なんか、変わっていくんだなという危機感みたいなものは、ひしひしと伝わってくるんですけどね。でも、まだ実感は湧いてこないです」

本社で働く組合員が言った。

「でも、要らない人間は排除されていくということだけは、はっきりしているんだよね」

渡里の指摘に、誰かが「結局、弱肉強食の原始時代に戻るだけなのかなあと思いますね」と答えた。

「こういうのは、学びながらやらないと、どんな問題があるのか、読み取れないんだよね。だから今日を機会にさ、みんな資料をもう一度読んでもらって、また時間を取って議論をしましょう」

毛利の発言で、この議題については終わりになったものの、誰が言ったのか分からなかったが、「弱肉強食の原始時代に戻る」という言葉が雅広の頭に刻まれた。非正規雇用だって、労働者派遣法ができたとたん、「新時代の『日本的経営』」を提言した日経連の担当者も驚くぐらいはやく広まって、いまでは約40％が非正規労働者になってしまっている。今度のジョブ型だって、そうなるかもしれない。それは、定年が実質40歳ということを意味しているのではないか。本当にすごいスピードで社会と会社が変わっていて、その勢いは、どんどん強まっている。ほとんどが労働者に犠牲を強いることばかりだ。それに対する労働者を守る防波堤としては、企業内労働組合はほとんど体をなさず、唯一、電機労働者ユニオンと電機協だけが、荒波に立ち向かっているのだ。

午前中の議事が終わり、お昼の休憩になった。事務所のメンバーは、外に食べに行った。雅広は弁当を持ってきている。ごはんとショウガで炒めた豚肉、それとゆでたブロッコリーを詰めてきた。雅広が、お湯を沸かしてお茶をいれ、弁当を食べようとした時、汐見がコンビニ弁当を提げて戻ってきた。

「汐見さん、コンビニ弁当ですか」

「ああ、僕は、こののり弁が好きなんだよね。官僚の調査の『のり弁』は、いただけないけど」

汐見の返事で、雅広は法務省に、拉致事件の調査結果を資料請求した時のことを思い出して、笑ってしまった。

「省庁要請行動に行って、法務省から出てきた拉致事件の調査結果が、『のり弁』のまっ黒な資料だったんですよね。情報公開請求したら出しますと言ったのに、それが、この『のり弁』かって、斉田委員長が怒ったんですよ」

「ふーん」

「若い官僚が、時間が取れないって答えた時も、斉田さんも毛利さんも、撤回しろって、すごいけんまくでしたよ」

「まあ、若い官僚だって、こき使われて、大変なんだろうね。退職する若手官僚が多いらしいね」

汐見が、雅広の弁当をのぞき込んで言った。

「それ、自分で料理したの」

「料理したって言うほどのものじゃないですけど。汐見さんは、家で料理とかするんですか」

「うん、父親と同居していて、前は父親が作ってくれていたけど、今は認知症が出てきて、火を使うのは危ないからね。たまに僕が作ったり、スーパーの半額弁当とか」

「そうですよね。僕もスーパーの半額弁当派です」

「でも、僕の場合、勤務しているから、土日しか利用できない」

「そうか、そうですね。お父さんの具合は、どうなんですか」

汐見はのりとご飯を一口頰張って、じっくりと咀嚼《そしやく》してから口を開いた。

「この前、公園に散歩に行くって出かけたまま帰らないんで、探しにいっても見つからなくて、慌てた。幸い、バッグに名前と住所を書いていたから、おまわりさんが保護して送り届けてくれたけど。徘徊《はいかい》っていうの、それになっちゃって、どうしようかと思っている」

いきなり、深刻な話になって、雅広は、どう話をつないだらいいか困った。

「そういう話も、分会の中で、みんなで話せばいいんじゃないですか。ＯＢの人たちは、経験豊富じゃないですか」

「労働組合の分会は、職場の労働問題を話すところだから、そんな家庭の話を持ち出していいのかな」

「いいんじゃないですか。家庭も大事ですよ」

「うーむ」

汐見は、いいとも、悪いとも言わずに、おいしそうに弁当に集中していた。

午後からの議題は、現役組合員の近況報告だった。現役組合員が近況を報告すると、職場の状況を把握しようとＯＢたちからいろいろ質問が出る。以前、ＪＥＣで勤務していたといっても、会社は、急激に変わっているので、ＯＢたちが理解し追いついていくには、当然時間がかかる。

汐見は、２００1年に主任に昇格していたが、２００9年の2万人リストラ時と２０１2年の1万人リストラ時の2度にわたり、「退職か、降格か」の選択を迫られる退職強要を受け、２０１０年に主任（A職群1級）から担当（A職群2級）に、２０１2年にはA職群3級（新入社員並み）に降格された。また、退職強要のたびに暴言を浴びせられるというパワハラにより精神疾患になった。

汐見は、電機労働者ユニオンに加入して、粘り強く団体交渉を重ねた結果、会社が謝罪して解決金を支払うことで合意し、会社と協定書を取り交わした。これは、画期的な成果であった。しかし、その後も、汐見に与えられる業務は、パソコンの購入手続きなどの事務的な仕事で、汐見に約束した「教育を実施し、汐見が昇格できるように教育と指導を行う」ことは、実施されていなかったので、ユニオンは団交で速やかな実施を要求した。団交の要点が、毛利から報告された。

「今後の指導・教育については不十分で、実施されていないと要求したんだが、会社の回答は、『汐見さんに割り当てられる適当な業務をさがしたが、残念ながら見つかっていない。バックヤードのサポート業務を受注したら、それをやってもらう計画を持っている。受講してもらう予定のDX等の教育も、部門の教育予算のかなりのウエートを占める』という内容だった。問題なのは、A2への昇格の件で、こちらからは、直ちにA2に上げろと言ったが、会社は『業務に見合って、きちんと評価してやりますが、残念ながら現時点では、該当しないので昇格できません』

という回答だった。団交相手の人事担当が感じる一番のポイントは、『上司とのコミュニケーションをもっと、よくやった方が良いんじゃないか』ということで、そこが不足しているみたいな言い分だった」

汐見からも団交の感想が出た。

「団交をやる前は、ほったらかしで諦めるのを待っているのかという気持ちだった。しかし、会社の回答でバックヤードの仕事を受注してやってもらうということで動いてくれていたことがわかって、まずは、ほっとした」

「バックヤードのサポート業務って、具体的には、どんな仕事なんですか」

雅広は、疑問に思ったことを聞いた。

「たぶん、お客様と直接コンタクトしないでやれる仕事という意味だと思うけど、プログラミング言語C#の教育受講も言っているから、客先の要求仕様をうけて、社内に持ち帰ってプログラムを開発する仕事じゃないかな。まあ、それを上司に確認するということが、最初のコミュニケーションになるんじゃないかな」

分会メンバーから意見が出た。他のメンバーからも、これから汐見が具体的にどう行動したらいいかについての意見が出た。

「汐見さんが、上司に『あれ、どうなりましたか』と積極的に聞いて、日常的にコミュニケーションをしていくことが大事だと思う」

「どんな仕事か聞いた上で、下調べや調査をやって勉強していることを伝えるのも良いんじゃないか。そこで、また教えてもらえると思う」

メンバーからの意見に対して、自分自身どう思っているか聞かれた汐見は、重たい口を開いた。

「やらなければいけないと思うけど、半分義務感になっちゃう。やらないといけないと思うけど、いざ、やるとなると……」

「それじゃ、うまくいかないと思うね」

毛利が、ぴしゃりと言った。

「汐見さんが、皆から援助を受けながら進めていくスタンスでやればいいと思う。一つずつ現場で起きていることを皆に伝えて、皆の経験を出してもらって、やっていけばなんとかなるんじゃないかな」

メンバーたちから励ましの言葉をもらって、汐見は、「はい」と答えた。

「まずは、上司の部長に聞くことだけど、何を聞いて、どう伝えるかというコミュニケーションをどうやるかが、当面重要だと思うんですが、何をしようと思っています?」

「まだ、具体的に考えていないです。まずは、バックヤードのことで、上司を突っつくかな」

一歩踏み込んだ質問に対する汐見の返事は、毛利の納得できるものではなかったようで、毛利はいらだちを隠さず汐見に言った。

「突っつくんじゃなくて、自分の仕事のために、人事も努力している、職場の皆も努力してくれて、結果として遅くなったけど準備してくれているわけだから、『先日の団交の時に、人事から今後バックヤードのサポートの話と教育の話が出ましたので、それについて詳しくお伺いしたい。私も準備を進めていきたいので』と、汐見さんが、その仕事をやらせてほしいという気持ちにならないと、コミュニケーション能力うんぬんの前に、気持ちが伝わらないんじゃないかな」「今度、部長と話すなら、その前にＳｋｙｐｅでリハーサルをしてみよう。今までだったら『じゃ、がんばってね』だったけど、皆に聞いてもらえば、汐見さんも気持ちの整理もつくと思う」

今までじっと聞いていた末野の提案だった。

判決

判決の日、雅広は朝早く目が覚めた。夜も眠りが浅かった。やはり緊張して神経が高ぶっているのかもしれない。気持ちを落ち着けようとアパートから、ぶらぶらと散歩にでた。報復人事にあたる配転を拒否したことによる不当な懲戒解雇について争っていた大阪の大和田には、先月、敗訴の判決が出た。裁判長は「通常甘受すべき程度を著しく超える不利益があるとはいえない」として請求を全て棄却した。自家中毒で、月に数回、涙を流してしゃべることもできない頭痛と嘔吐に苦しみ治療を受けていた小学生の息子を残して川崎への異動に応じるのは、サラリーマンなら当然甘受すべきことなのか。大企業に寄り添い、労働者に冷たい司法のありようを感じさせる判決だった。

前に住んでいた寮のところまで来ていた。今日の判決で、ここに初めて入ったところから、もう一度やりなおすことができるようになるのか雅広にもわからなかった。でも、やるべきことはやってきた。「不動の確信」を持たなければいけない。もし、不当判決がでても、控訴して闘うまでだと自分に言い聞かせた。

駅から続く道沿いに、細い川の流れがある。流れる水は少なく、川底が見えている。初めてここへ来たときも、この流れに沿って歩いた。アパートへ戻ってきた雅広は、朝食を取って、外出の準備をした。今日の判決は、午後1時半からだが、正午から地裁前と最寄り駅前で宣伝行動が予定されている。雅広は、その前に、弁護士会の事務所によった。

「何か手伝うことはありますか」

忙しそうにしている林弁護士に声をかけてみた。林は、どんな状況でもさわやかな笑顔で答えてくれる。

「うん、実は、あの判決結果を支援者に知らせる『ハタ』が、まだできてないんだ」

「『ハタ』って」

「あの勝利判決って書いてある紙、裁判所から駆け出してきた弁護士が、支援者に、ぱっと広げるやつ」

「じゃ、僕が作りましょうか。勝利判決と不当判決の二つを作ればいいですか」

「悪いね。原告なのに、不当判決なんて作らせて」

「大丈夫です」

雅広は、早速、パソコンを開いて作業にかかった。

判決の法廷に入れた傍聴者は、コロナ感染対策のために、20人程度だった。法廷に入って驚いたのは、会社側弁護士の姿がないことだった。

法廷手続き上、判決日の出廷は必須ではないそうだ。会社の命運がかかった判決に出廷しないのは、しょせんお金だけのつながりなのだろうと思った。

開廷の時間になった。法壇に現れた裁判長は、早口で判決文を読み上げた。

「主文、……。原告が被告会社に対し、雇用契約上従業員としての地位を有することを確認する……」

雅広は、はっきり聞き取ることができなかった。「従業員としての地位を有することを確認する」ということは、解雇されていないということだから勝ったのだろうが、他の請求は却下されたような気がした。周りに尋ねることもできず、雅広がはっきり理解できないうちに、法廷は、あっけなく終わった。

「勝ちましたよ。勝利判決です」

閉廷後に、浜崎が笑顔で教えてくれた。雅広に、ようやく、勝ったんだという喜びが湧いてきた。裁判所を出て、正面入り口の前で、弁護団、支援の人たちと並んで記念撮影をした。雅広がパソコンで作ったのとは別の「勝利判決」と毛筆で書いたハタが掲げられた。勝利判決を知った人たちから雅広のスマホに、お祝いのメールが殺到し、着信音が鳴りやまなかった。

午後3時から記者会見が開かれた。記者会見場で、A4サイズ1枚の「声明」が配られた。弁護団が約1時間で判決文を要約したものだ。声明には、次のように書かれていた。

――本日、Y地方裁判所第7民事部は、原告植草雅広のJECディスプレイソリューションズ株式会社に対する地位を確認する原告勝利の判決を下したが、同社に対する損害賠償及びJECDSの指定医に対する損害賠償は認めなかった。

本事件は、昨今の労働現場で急増している労働者のメンタル疾患による休業について、自らの労働安全衛生上の責任が問われるべき被告企業が、労働者に発達障害がある等として、責任を転嫁し、実質的な解雇を行った事件であるという現代的な特徴がある。

特に、発達障害的要素はどんな人でも持っており、発達障害の診断基準を満たさないため、疾病とは診断できない場合でも、その特性故に、病気が再発する恐れがある等として、元の職場に復帰させることを拒絶することが容認されるなら、好ましくないと考える労働者を脱法的に、事実上、解雇することができてしまうということにもなりかねない。

本判決は、このような新たな手法の問題点を明らかにし、「当該傷病とは別の事情」を理由に「休職期間満了により自然退職とすること」は、「解雇権濫用法理の適用を受けることなく、休職期間満了による雇用契約の終了という法的効果を生じさせることになり、労働者保護に欠ける」として、本件のような脱法的手法を断罪し、休職期間満了による退職を無効としたものである。

もっとも、本件では、JECDSは、原告の意に反して、4人がかりで原告の両手両足をつかんで宙づりにし、約100メートルにわたって移動して、職場から閉め出すという例を見ない暴力行為にも及んでいるが、本判決は、正しく事実を認定せずに損害賠償を排斥した。

また、メンタル疾患を契機とする脱法的解雇には、会社の意をくんだ会社の産業医や指定医の関与が散見され問題とされてきたため、本件では指定医として関与した医師についても、正面から責任を問題としたが、本判決は、原告の実質的解雇との相当因果関係を否定し、指定医の責任を曖昧化した――

記者会見には、数社のマスコミの記者が来ていた。心境を聞かれた雅広は、セクハラから7年、解雇されてから3年の思い出が込み上げてきたが、落ち着いて答えた。

「解雇無効の判決が出てうれしく思う。休職制度を悪用するなという歯止めができた。多くの労働者に影響するもので、とてもうれしい」

判決から2日後に開かれたJEC分会では、勝利判決を勝ち取った雅広に、祝福の声が相次いだ。斉田委員長から、植草判決を自分たちのものにするために、討議を行うべきとの提起があり、議事を変更して討議した。

まず、斉田から判決文の解説があった。

「社員の地位確認という勝利判決であるが、深く読むと、ベースは会社の主張がほぼ認定され、ユニオンの主張は退けられている。ただ、会社が休職からの復帰を拒否する理由を、当初の精神疾患からコミュニケーション不足へ争点をずらしたので、裁判所は、休職した事由以外の理由で復職を拒否するのは、解雇権濫用法理の適用を逃れるための脱法行為であると認定したのである。つまり、敵失によって、勝利を拾ったようなものだ」

斉田は発言を続けた。

「職場からの強制排除は、植草さんが泣いていうことを聞かないので、やむを得ず両親に預けるため行ったことで、母親は『ありがとう』と感謝したと、会社の主張を認定している。矢部医師のレッテル貼りも、医療行為と会社の労務行為を分け、影響があったとまでは言えないとユニオンの主張を退けている。つまり、首の皮一枚で勝ち取った勝利だ」

斉田の厳しい認識が伝わり、勝利に浮かれていた分会メンバーは、認識をあらため厳しい顔つきになった。

雅広も判決文をじっくり読んだ感想を発言した。

「判決文の中で、『復職拒否の理由に、コミュニケーション不足を含めるのは、許されない』と書かれている点に注目しました。許されないというのは、非常に強い表現だと思います。普通なら、好ましくないとか、望ましくないという調子だと思いますが、許されないというレベルに踏み込んでいるのは、とても力づけられました。あとは、そうですね。斉田さんの言われた通りですね。パワハラ・セクハラの原因が会社にあることを認めていない。拉致事件は、4人で運んだことは認めたが、宙づりは認めていない。医者がレッテル貼りをした件も認めていない」

「会社の窓口担当に連絡をとって、12月27日に会談を申し込みました。控訴させない取り組みが重要になってきます」

会社との連絡窓口を一手に引き受けている渡里が発言した。

「高裁は反動的だ。裁判と復帰は別だもの。ところで、控訴期限はいつなの」

末野が毛利に聞いたので、みんな毛利の方に注目した。

「控訴期間は、2週間と言われているから、たぶん、1月6日が期限じゃないかな」

毛利の発言に、勝ったとは言え、まだ一審だ、会社は必ず控訴してくるはずだ、体制寄りの高裁での闘いになれば、逆転敗訴になる可能性もあると雅広は思った。しかし、自分は1人ではない。ユニオンがある。仲間がいる。

斉田委員長は、12月27日に、JEC本社に要請を行った。斉田は、JEC担当者に要請書を手渡し、「Y地方裁判所の判決に従い、植草さんの不当解雇を直ちに撤回して職場復帰を行うこと」を要請した。

翌28日には、毛利書記長がリーファJECディスプレイソリューションズ（RJDS）の財津人事部長と会談を行って要求書を手渡し、「植草さんをただちに職場に戻せ」と要請した。

「支援する会」は、1月2日に、RJDSの大谷社長宅、3日にJEC社長宅への年始挨拶行動に取り組んだ。

2日の大谷社長に対する年始行動には、雅広ら十数人が参加した。対応した大谷社長と、参加者全員がかわるがわる「Y地裁の判決に従い、植草さんを速やかに職場に戻していただきたい」と年始挨拶を交わした。

雅広の勝利判決を職場にただちに知らせようと、初出勤の4日、5日、6日の出勤時にRJDS本社、JEC本社などの5カ所の門前で第30回宣伝行動に取り組んだ。

宣伝行動では、新しい横断幕「リーファJECディスプレイソリューションズは、Y地裁の判決・不当解雇撤回に従い植草さんの復職をただちに行え！」を掲げて、宣伝ビラを手渡した。これまでは、スピーチを聞くだけだった労働者が小声で「よかったね」と声をかけてビラを受け取っていった。

　1月6日夜、毛利から雅広に電話がかかってきた。

「会社が控訴を断念した」

「えっ、本当ですか」

「そうだ。今、浜崎弁護士から電話があった。先ほど、会社の主任弁護士から『会社は控訴しない。会社としては二度と同じようなことにならないようにしたい。円滑に職場復帰ができるようにしたい』と電話があったそうだ。これで、解雇無効が確定して、復職できるよ」

　興奮した毛利の声に、雅広は、「ありがとうございます」と返事するのがやっとだった。頭の中が真っ白で、何も考えることができなかった。しばらく、部屋にあおむけになって、天井を眺めていた。朝礼で田辺部長のダミ声を聞いたとたんに、涙が止まらなくなってしまった場面、上司や同僚らに体を抱えられ宙づりにされて会社の外へ排除された場面、財津と多田との面談で、JEC内では受け入れてくれるところはない、障害者雇用の会社へいくか退職するかと迫られた場面、職場の門前で横断幕をかかげてスタンディングをした場面などが、次々に脳裏のスクリーンに映し出されては過ぎ去っていった。

　うれしさの一方、会社は、なぜ控訴しなかったのだろうかという疑問も湧いた。裁判所は上級に行くほど体制擁護の傾向が強くなるのだから、逆転を狙って控訴すると覚悟していた。逆転できなくても、人も金も潤沢な大企業は、裁判を長引かせて原告を兵糧《ひょうろう》攻《ぜ》めにして、金銭和解に持ち込むのが、常套《じょうとう》手段だと思っていた。ただ、長引けば、企業のイメージも傷つく。JEC

行動規範が、まったくのうそ八百だということが、世の中にどんどん広まってしまう。おそらく、新しく親会社となったリーファから、早期の解決を迫られていたことが、一番大きいのだろうと雅広は結論付けた。

復職。あれほど、望んでいた復職だが、現実になってみると、さまざまな困難が予測された。組織変更があって雅広がいた生産技術部は、もうない。リーファへの譲渡により、業務の分担が変わり、ＲＪＤＳは、企画関係の業務中心になった。新しい職場で、どう上司、同僚と人間関係を構築していくか。２０１５年に職場から強制排除されてからの6年間、雅広の職業人としての時間が止まり、スキルも遅れてしまった。仲の良かった他部署の若手社員は主任になる頃だろう。新入社員同然の自分、相手は主任、どのように接すればよいのか。ＪＥＣ分会のメンバーが苦しんでいるように自分も職場で村八分にされて、仕事を干され低評価にさらされる可能性が十分に考えられる。仕事が与えられなければ、いくら成果を出そうとしても無理だ。

復職は闘いの終わりではなく、新しい闘いの始まりだ。でも、自分は1人ではない。ユニオンがある。仲間がいる。ユニオンのメンバーとして、職場に定着することこそが、自分の使命だ。

翌日早朝、雅広は外に出た。寒波の到来で、関東地方は厳しい寒さだ。顔に触れる空気が痛いほどだ。しかし、晴天で空は抜けるように青い。箱根の山から顔を見せている富士山は、朝日を浴びてほのかに赤く染まっている。いつも歩いている細い川沿いの道に出た。石ころの川底が見える細い流れは、この先で広い川に注ぎ込んでいる。雅広は、この細い川の流れに自分の来し方を見る思いがした。たった1人流れて、石ころにぶつかり、止められ、迂回《うかい》しながら一歩一歩前に進んだ。雅広は、白い息を吐きながら川の合流地点まで歩いて行った。細い弱々しい流れは、広い流れに合流し、とうとうとした力強い流れとなって川を下っていった。

最上裕（もがみ　ゆう）

1954年、香川県生まれ。NECでシステムエンジニアなどの業務に38年間従事。日本民主主義文学会会員。電機労働者ペンの会所属。支部誌『からむす』編集長。1997年「記念樹に向いて」民主文学支部誌・同人誌推薦作品優秀作。1997年「車椅子を押して」全労連文学賞佳作。著書に『真夜中のコール』（光陽出版社、2020）、『さくらの雲』（同上、2016）、『陸橋の向こう』（同上、2015）。

広《ひろ》き流《なが》れに

2024年4月30日　初　版

著　者　最　上　　裕
発行者　角　田　真　己

郵便番号　151-0051　東京都渋谷区千駄ヶ谷4-25-6
発行所　株式会社　新日本出版社
電話　03（3423）8402（営業）
03（3423）9323（編集）
振替番号00130-0-13681
印刷　亨有堂印刷所　　製本　小泉製本

落丁・乱丁がありましたらおとりかえいたします。

ISBN978-4-406-06799-7 C0093　Printed in Japan